RYU NOVELS

戦艦大和航空隊

運命の開戦！

林　譲治

この作品はフィクションであり、
実在の人物・国家・団体とは一切関係ありません。

戦艦大和航空隊◎目次

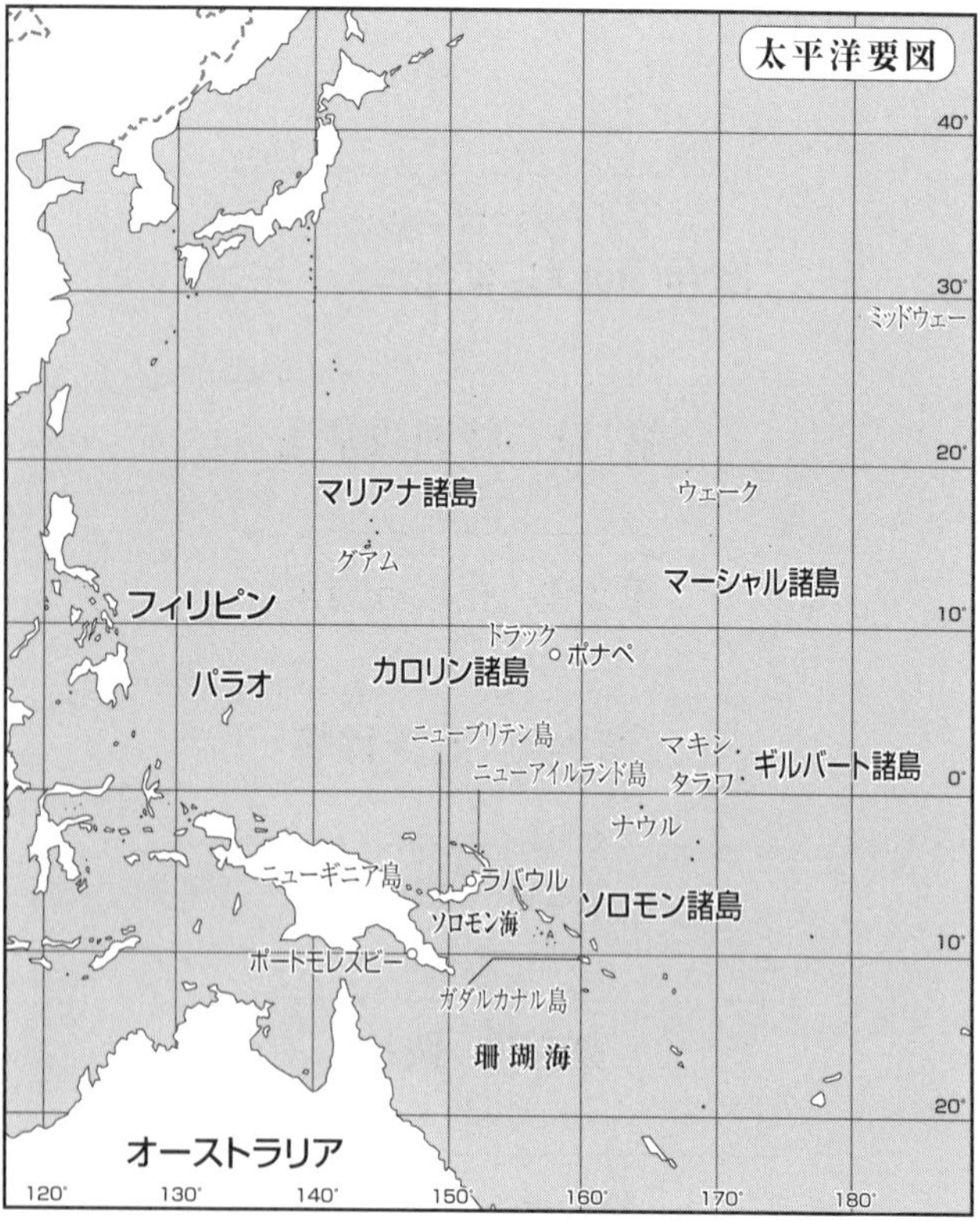

太平洋要図
40°
30°
ミッドウェー
20°
マリアナ諸島
ウェーク
グアム
マーシャル諸島
フィリピン
10°
トラック
ポナペ
カロリン諸島
パラオ
ニューブリテン島
マキン
ギルバート諸島
ニューアイルランド島
タラワ
0°
ナウル
ニューギニア島
ラバウル
ソロモン諸島
ソロモン海
10°
ポートモレスビー
ガダルカナル島
珊瑚海
20°
オーストラリア
120°
130°
140°
150°
160°
170°
180°

プロローグ
昭和一九年、東部ニューギニア

オーストラリア軍と米軍の連合国軍にとって、日本海軍戦艦部隊による砲撃は完璧な奇襲であった。

東部ニューギニア方面に日本海軍の有力戦艦部隊が進出という情報は、確かに得られていた。

ただ航空戦の結果、偵察機の展開を思うに任せなかったのは、確かに悪材料ではあっただろう。

しかし、それでも今夜のこの時間に戦艦群が現れ、海岸陣地に砲弾を容赦なく浴びせてくるとは誰も予想していなかった。

もっとも、ここへの攻撃そのものは不思議ではない。ここの奥には連合軍の重要拠点の一つがある。そこは内陸部の数少ない軍用道路の交差点であり、日本軍の活動に対して迅速に部隊を送ることができる。

一方で、ここを日本軍に奪われた場合、東部ニューギニアの連合国軍部隊は、南北の連絡を遮断されるだけでなく、広範囲にその側背を襲われる可能性があった。

守りが頑強だから、日本軍は手出ししない。昨日までは、そう信じられてきた。

しかし、今日からは新しい現実に向かい合わねばならないだろう。

「野戦重砲部隊は、ほぼ全滅か」

守備隊の指揮官は、報告が電話ではなくオートバイに乗った伝令である時点で、被害の深刻さを悟った。

電話は通じず、軍用道路もオートバイでなければ通行不能であるということだ。

東部ニューギニアには、延べ数百キロに及ぶ道路が建設されていた。

それでも密林の支配するニューギニアである。トラックがすれ違えるほどに整備された道路はごく一部で、ほとんどはトラック一両が通過できるだけの道路だ。

これは建設能力の問題というより、整備された道路は日本軍機により攻撃されるという深刻な問題があった。だから、軍用道路を無闇に拡張できない。

それは日本軍も同様らしく、日本軍の軍用道路もよくわかっていない。一説には軽便鉄道を走らせているとも言われていたが、それもまた噂でしかなかった。

野戦電話はほぼ使えない。しかし、伝令が集まってくるにつれて、状況は見えてきた。

敵戦艦も長時間の砲撃を行うつもりはなかったらしい。友軍航空隊に攻撃される恐れがあるからだろう。

短時間で優先的に破壊すべきもの。それは敵の最大火力となる。この点では、日本軍はきわめて合理的な判断をしたと言える。

連合軍の野戦重砲陣地は岩山の頂上にあり、岩盤とコンクリートで守られている。

日本軍が何度となく爆撃を行ったが、それに耐え抜いた陣地だ。この陣地がこれまで日本軍の侵攻を阻んできた。

だが、日本軍は戦艦の主砲を投入し、その頑強な重砲陣地を粉砕した。連合軍にとっては深刻な事態である。

一方で、海岸付近の防衛陣地は確かに被害は甚大だが、それでも損害は復旧可能なものであった。機関銃や迫撃砲は新たに設置できるし、野砲も半分は無事である。

「日本軍は来ますかね」

「わからん。野戦重砲を無力化して、徹底した空爆をかけてくる可能性もある。ただ、上陸する意志があるなら、海岸線の攻撃をもっと綿密にするだろう」

指揮官がそう口にした時、沖合で何かが光り、その光の列は夜空に弧を描きながら海岸に弾着する。

「上陸部隊か！」

戦艦の砲撃が破壊したのは、山頂の重砲陣地だけではなかった。レーダー施設もまた破壊されていた。

だから彼らには、戦艦が去った後に船団が接近していることがわからなかった。

上陸用の輸送艦が前進する前に、掃海艇が機雷原を除去していく。係維索を切断され、浮上してきた機雷が機銃弾により処理され、それが海面に水柱を残す。

輸送艦は日本陸海軍が協同で開発したもので、箱形の船体は大発を思わせるが、排水量はそれよりはるかに大きく一〇〇〇トン弱あった。米軍のLST（戦車揚陸艦）のようなものだ。

日本軍の輸送艦の一部は、上陸前に搭載していた噴進弾（ロケット弾）を海岸の防御陣地に向けて発射していた。

日本軍が大規模な噴進弾攻撃を行うのは、これが初めてだった。つまり、攻撃を受ける側にとっても、噴進弾攻撃は初めてだ。

それだけに甲高い音と炎を噴きながら落下する噴進弾に、前線の連合軍将兵は恐慌状態に陥った。日本軍としては、そうした心理面までは考えていなかったが、その方面の効果も絶大だったことになる。

それでも胆力のある兵士は連合軍にもいる。彼らは機銃を構え、敵軍に応戦する。海岸からの機銃弾が日本軍の輸送艦を攻撃するが、もとより機銃弾では破壊できない。

輸送艦からも二五ミリ機銃が応戦する。そして接岸した輸送艦からは、歩兵が出てくるものと思われた。

出てきたのは装甲車両だった。考えれば、この状況で生身の兵士を出すのは危険だろう。

海岸は砲撃のため穴だらけで、その穴には軽機関銃を持った兵士がひそんでいた。それらが装甲車両に銃弾を集中する。

「なんだ、あれは！」

ほとんどの兵士が、最初それを戦車と考えた。しかしそれは、履帯車両ではあるが戦車ではなかった。

戦車の砲塔を取り去ったような車両で、砲塔があるべき場所には、幅が二メートル以上はありそうな金網を巻いたようなものがある。

車両は金網を延ばしながら前進する。しかもそれは武装していた。軽機関銃に車載の重機関銃で応戦するだけでなく、火炎放射器まで持っていたのだ。

性能としては低いものであったが、歩兵に対しては絶大な威力がある。炎を前にしては、どんな兵士も退かねばならない。

このような装甲車両が五両ほど横一列で前進する。バズーカ砲を構えようとする兵士もいたが、彼らは火炎に飲まれてしまった。

そうしている間に、金網が敷かれた海岸に輸送艦から次々と車両が降りてくる。海岸の凸凹は、金網によりならされていった。

金網そのものに車両を支える力はないが、力を分散することで、砂地の凹凸をならしていくのである。

装甲車両を支援するのは、軽戦車のケヌだった。これは、すでに旧式に属する九五式軽戦車の車体に、砲塔の換装で余剰になった九七式中戦車の砲塔を載せたものだ。

いまの対戦車兵器に対しては脆弱《ぜいじゃく》であるが、上陸戦で敵陣を破壊するには重宝な車両であった。

五七ミリ砲の砲撃で、敵の機銃座は次々と擱座《かくざ》していく。むろんバズーカ砲で撃破されるケヌもある。

だが連合軍将兵にとって、それは容易ではなかった。殿《しんがり》として装甲兵車が前進するからだ。

それらが装甲車両やケヌが貫通した陣地を確保する。さらに視界の悪い車両の目となり、敵兵を撃つ。

装甲兵車はハーフトラックではなく、生産数の関係で完全履帯式だった。

そして、車両のいくつかは荷台に山砲を搭載していた。ケヌ車の五七ミリ砲より強力な火砲が必要な相手に備えてだ。

軍用トラックに山砲を搭載して射撃することは日本軍でも行われたが、それが装甲兵車になったことで、外からは戦車に見えた。ある意味で砲戦車とも言える。

装甲兵車に対してバズーカ砲を向けた兵士もいたが、彼らは日本兵により排除された。


ここで地雷原があれば状況も違ったかもしれないが、雨が降れば泥濘《ぬかるみ》になる土地なので地雷原は無意味だった。

装甲車両の金網は途中でなくなり、それらは機銃と火炎放射器で歩兵の支援にまわる。

とはいえ工兵機材であり、対戦車火器に喰われる車両もあった。すぐに報復攻撃も行われた。

連合軍将兵にとっては、この上陸作戦は色々な意味で奇襲であった。強力な火力の投入と密度の高い機械力。歩兵の上陸を前提に陣地を構築していた連合軍は、日本軍の機械力の投入に対して十全の備えをしていなかった。

頼りであった野戦重砲陣地も、戦艦部隊の砲撃で木っ端微塵にされた。

頼れるのは航空隊だが、いまは夜間で出撃できない。出撃しても、敵味方が乱戦の中では同士討ちになりかねない。

海岸の防衛線を守っていた部隊は、ともかく撤退し、後方での防衛線の再構築にかからねばならなかった。

日本軍は装甲兵車の山砲を降ろして砲陣地を作り、敗走する敵軍に向けて砲撃を行う一方で、輸送艦からの物資輸送を急がせた。

砂浜に金網の道路を展開したのは、トラックの通行を考えてのことだった。それらがピストン輸送で物資を揚陸する。

鈍足な輸送艦を敵航空隊が活動する前に撤退させねばならないからだ。これは貴重な機材なのだから。

輸送艦は物資揚陸を終えた順番に撤退していく。

そうしている間に、揚陸された資材でプレハブの倉庫が作られ、必要な物資が搬入される。それ以外は防水布がかけられる。

海軍強襲設営隊と書かれた建設重機が平地に最小限度の整地を行い、穴あき鉄板が装甲工作車両のクレーンで運ばれ、並ばされていく。

地盤の緩い場所にだけ優先的に並べられ、安定した地盤ならそのままだ。そうしていまだ敵弾が飛び交うなか、突貫作業の末に最低限度の滑走路が誕生した。

完成の目処がたった時点で無線が打たれ、一番近い航空基地より一〇機の戦闘機が飛び立ち、そして夜明けとともに着陸する。

それは、いまとなっては旧式の陸軍の九七式戦闘機であった。

ただし武装は強化され、三〇キロ程度の爆弾投下能力も付加された。

しかし、最大の魅力は軽戦であることによる離着陸距離の短さにあった。急造した滑走路で相応の制空権を確保するには、短距離離発着性能に秀でたこの戦闘機に勝るものはない。

もとより滑走路が拡張され、重戦闘機隊が進出するまで戦線を維持してくれればいい。それに航空戦力があれば、敵軍を空から追撃できるのだ。

最初の九七式戦闘機が無事に簡易滑走路に着陸したのを確認し、海軍強襲設営隊の隊長は、やっと安堵のため息を吐いた。

だが、戦闘はまだ続く。

第1章　特別観艦式

1

紀元二六〇〇年の特別観艦式は、名称こそ観艦式であったが、内実は特別大演習でもあった。

通常なら海外からも艦船が参加する観艦式であったが、国際情勢も鑑《かんが》みて外国艦船は参加せず、そこにいたのは日本海軍の艦船だけである。

天皇臨席の観艦式そのものはつつがなく終了したが、その後、部隊ごとに演習や訓練が行われた。

事件はそこで起きた。


夜であった。一〇月の海は、さすがに寒い。

赤軍に属する伊号潜水艦の艦橋では、哨戒長が青軍艦隊を追っていた。

青軍の編制はわかっていたが、土壇場で変えられる可能性もあった。学芸会ではないのだから、すべてがシナリオ通りでは訓練にならない。

その意味では、実戦より演習のほうがやりにくい面がある。互いに相手の手札を知っているなかで、ポーカーをやるようなものだ。

シナリオ通りなら勝敗は決まっているが、相手がシナリオから外れたなら勝敗は変わる。

そして、それは相手も同じ。自分たちがシナリオを変えたらどうするか、彼らもその可能性を無視できない。

いっそシナリオなどないほうが、よほどやりやすい。しかし、演習である以上はそうもいかないのである。

「どうだ、哨戒長？」

潜水艦長があがってきた。大演習である。艦長室で落ち着いてなどいられないのだろう。

それは哨戒長でなくてもわかる。昭和一五年のいま、国際情勢は緊迫化を迎えている。

ヨーロッパの戦場では、フランスがドイツに降伏。ナチスドイツはさらにイギリスを降《くだ》さんと一大航空戦を展開するが、イギリス空軍の前に敗退し、イギリスは依然として敵国であり続けた。

そして日本は仏印進駐を行い、英米との関係は一挙に悪化した。

戦争になると決まったわけではないが、開戦の可能性は現実的になってきた。

さかのぼれば日華事変が開戦への扉を開いたとも潜水艦長は思う。

政治的な話ではない。日華事変が起こるまで、日本海軍の戦力は十分なものとは言えなかった。

理由は軍縮条約というより、むしろ予算である。予算の制限が戦備を制限してきた。

ところが、日華事変で軍事予算の天井が外れると、潜水艦、駆逐艦、巡洋艦と多くの艦艇が建造され、戦艦さえも建造中という。

それにより日本海軍は、アメリカとの戦闘が可能な水準の戦備を整えることができた。ただ、アメリカも大規模な軍拡を進めている。

つまり、日米の差を大きく縮めたものの、放置すればまた差が広がる。勝利を求めるなら、開戦はいましかない。

そういう状況なのだ。この大演習は、ほぼ実戦なみの厳しさと考えねばならない。

シナリオがある中で先が読めないのも、要するに実戦を意識しているからにほかならない。

青軍は戦艦を中心に傘型陣形で進んでいる。潜水艦の襲撃はあまり意識していないようにも見える。

赤軍の潜水艦の役割は、青軍艦隊を追跡し、先回りして攻撃することにある。漸減邀撃《ぜんげんようげき》作戦の基本戦技だ。

青軍は米艦隊を想定し、速力は一五ノットを出している。そのため先回りする潜水艦にはプラス七ノットの速力が必要と考えられていた。

青軍の針路を見極めた上で潜水艦は前進する。最大戦速で敵艦隊の前方に進出し、その来航を待ち受ける。

もっとも演習海域は決められているので、青軍艦隊がどこに向かうのかは、正直言えばわかっている。

そこは演習であるから致し方ない。ただ演習海域外に、米潜水艦などが諜報のために待機していないとも言えないではないか。

伊号潜水艦は予定通り前方に進出し、青軍艦隊を待ちぶせる。予定通りなら敵部隊は正面から現れるだろう。

しかし、予定の時間になっても敵の姿はない。

「左舷方向より敵艦隊！」

「なんだと！」

見張員の報告に潜水艦長は唖然とした。どうして、そこから現れる。

「哨戒長、もらうぞ！」

潜水艦長は哨戒長から指揮権を引き継ぐ。ここからは自分が直接行わねばならぬ。

「潜航準備！」

伊号潜水艦は急速潜航すべく艦内が動き出す。

「右舷方向より駆逐艦！」

「なんだと！」

何が起きているのかわからない。ともかく気がつけば自分たちは挟撃されている。しかし、信じがたいことはそこからだった。

「艦首前方に弾着！」

駆逐艦は発砲した。明らかに自分たちを攻撃しようとしている。

「正気なのか！」

砲撃は続く。夜の海で、主砲のマズルフラッシュが駆逐艦の姿を照らす。

砲撃するということは、駆逐艦には自分たちの姿が見えている。これが演習なのは向こうもわかっているはずだ。

なのに駆逐艦は実弾を撃っていた。一発なら事故ということもあり得るが、二発三発となれば、これはもう確信犯だ。

しかも最後の砲弾は、もう少しで命中するところだった。もはやそこには殺意さえ感じられた。

「何をやってるんだ、あいつらは。演習と実戦の区別もつかんのか！」

急速潜航したのもつかの間、駆逐艦は突進し、さらに信じられないことに爆雷を投下してきた。

「深度一〇〇！」

馬鹿者と上の駆逐艦に文句を言ってもはじまらない。それよりも、まず生き残ることだ。

爆雷は執拗《しつよう》に投下される。明らかに駆逐艦は自分たちを沈めようとしている。

「哨戒長、あれ、日本海軍の駆逐艦だな？」

「月明かりではっきりとはわかりませんが、朝潮型駆逐艦かと。主砲は六門、砲塔は三基です」

「じゃあ、米海軍の駆逐艦ではないな」

そもそも、そんなものがここにいるはずがない。ここは日本の領海だ。

爆雷攻撃で水中の音響は乱れている。駆逐艦の探信音も、この状況では意味をなさない。

「浮き上がれ！」

駆逐艦がこちらの位置を見失っている間に浮上する。そうすれば、相手もこちらが友軍とわかるはずだ。

「それと万が一に備え、備砲の要員を待機させる。奴らがここまで執拗なのは、あるいは友軍部隊を偽装しているだけかもしれん。

そうでなくとも、相手を正気に戻すには砲撃しかないかもしれぬ」

潜水艦長も、本人は気がつかないまま、いささか冷静さを欠いていた。ともかく彼は浮上することを優先した。

そうして潜水艦が浮上した時、まだディーゼルエンジンは使用できなかった。浮上して吸気管を開かねばならない。

しかし、そこに駆逐艦が突進してきた。

いや、水中音響が使えず、見失った潜水艦を求めて右往左往している駆逐艦の前に、伊号潜水艦が浮上してきたのだ。

両者とも衝突することはわかった。しかし、避けようがなかった。

駆逐艦は潜水艦に乗り上げる。艦首部のハッチは開いたばかりで、駆逐艦の重みによりそこから大量の海水が流れ込む。

艦首部が急激に重くなった伊号潜水艦は、ほぼ垂直になるように沈みかけるが、その反動で自分に乗り上げた駆逐艦を大きく傾けた。

駆逐艦はかろうじて転覆は免れた。しかし、数十人の乗員が海に投げ出され、そのうちの十数名が溺死するという惨事になった。

この事故により演習は中止となり、駆逐艦も僚艦に曳航《えいこう》されて横須賀に回航される。そして、駆逐艦長はその航路の中で自決した。

2

「米潜水艦がいただと!?」

軍令部の富岡部長は、首席課員の山根中佐の調査報告を受けた。明日から一一月という日のことだ。

事故が事故だけに、海軍当局は迅速かつ徹底した調査を行っていた。富岡部長に報告書を提出した山根中佐の表情にも疲労の色は隠せない。

「米潜水艦がいたかどうかはわかりません。状況から考えても、それはあり得そうにありません。

もしあの海域に米潜水艦が活動していたら、わが海軍は国防に責任を持てないことになりましょう」

「なら、その米潜は？」

「水雷戦隊に属する駆逐隊が、何かを米潜水艦と誤認した。すべてはそこから始まりました。

　関係者の証言と逓信省の資料によると、問題の時間に漁をしていた漁船がありました。演習海域への立ち入り禁止はわかっていたものの、よもや艦隊と遭遇するとは思わなかった。だから逃げようとした」

「逃げ切ったのか？」

「発動機つきとはいえ、所詮は漁船です。夜間にエンジンを止め、死んだふりをしていたそうです。

　駆逐艦が通り過ぎた時は死ぬかと思ったとか。

駆逐艦は潜水艦と信じ切っていたので、漁船のことなど気にもしていなかった。そういうことのようです」

「不法操業の漁船を米潜と誤認した……何をやっておるのか。それで？」

「ある意味、彼らは真剣でした。開戦が近いかもしれないという緊張感と、駆逐隊全体が誤認したことが最大の悲劇です。

　もう一つの悲劇は、戦艦金剛率いる本隊が、敵潜を避けるために針路を変更したことです。

　どうも遭難した伊号潜水艦は、この進路変更前に艦隊の前方に出ようとした。そこで教範通りの定位置について待ち伏せしていた。

　そこに問題の駆逐隊の四隻が、潜水艦から見て本隊との反対舷から現れた。

　ここは本隊側と駆逐隊側で、運動について示し合わせたのか、合わせなかったのかの証言に食い違いがあります」

「誰かが責任回避のために嘘を吐いているのか」

「それならいいのですが……」

「海軍将校が嘘を吐くことの、どこがいいというのだ？」

「もしも誰も嘘を吐いていなかったとしたら？」

「どういうことだ？」

「我が海軍部隊は、情報伝達に大きな問題を抱えている。そういうことになります。

水雷戦隊は報告したと言い、本隊は聞いていないと言う。両者が正直なら、答えは部隊間の報告が伝わらないとなります。

小職の印象では、関係者で責任回避のために嘘を吐いている者がいるとは思えません。またそれぞれの艦について、証言に矛盾はありませんでした。なにより事実関係について、報告の問題以外には食い違いがない」

「なぜ、そう言える？」

「潜水艦の生存者の証言からです」

「生存者がいたのか！　潜水艦は瞬時に沈没し、生存者はいないとの報告だったはずだが」

「艦尾のハッチを開閉した航海科の下士官が衝突時に海に投げ出された。生存者は彼だけです。

彼はその前に司令塔で見張りについていました。ですので、全体状況を潜水艦の視点で知る立場にいました」

「そんな人物がいたのに、どうして報告がこない？」

「発見が遅れたのです。彼にしてみれば、友軍と思っていた艦隊から砲撃され、体当たりされた。敵味方がわからない以上、投降はできない。陸に向かって泳いでいる中で漁船に救助され、意識を失った。

　海軍軍人の身分を示すものもなく、意識を取り戻し、横須賀鎮守府が確認するまで、彼の生存は誰もわからなかった。

　我々としては事情聴取が終わるまで、このことはあえて伏せておりました」

「私にもか？」

「部長が知らないならば、機密保持は完璧と言えますので」

　富岡部長は顔を不機嫌にしかめるが、文句は言わなかった。

「皮肉なことに、下士官を救ったのは米潜と誤認された漁船でした。互いにそのあたりの事情は知らないようです。我々も説明していない」

「説明の必要はあるまい。結局、漁船を米潜と誤認した。それがこの事故の原因か」

「原因の一つではあります」

「どういう意味だ、一つではあるとは？」

「駆逐隊が誤認したのは事実ですが、優秀な海軍将兵が一人二人ではなく、駆逐隊として誤認したとなれば、それはもはや単なる誤認ではすまされないのでは？」

「それはそうだが……」

「帝大医学部の教授にも話を聞いてきたのですが、人間は過度の緊張におかれると判断ミスを犯しやすくなるばかりか、そのミスに固執し、訂正がきかない状態に陥ることがあると言います。

この駆逐隊にも同様のことが起きていたと言えるでしょう。おそらくアメリカとの戦争前にできる大演習はこれが最後という強いストレスが、彼らにはかかっていた」

「だから漁船を米潜と誤認し、駆逐隊全体がそれを信じたというのか」

「ある種の暗示です。演習前、駆逐隊では帝国海軍の大演習をスパイするため、米軍は潜水艦を出すのではないかとの議論があったという証言が複数得られました。

友軍潜水艦のいるはずのない場所に潜水艦がいる。彼らは漁船を潜水艦と誤認すると同時に、それを友軍ではなく、根拠もなく米軍の潜水艦と考え、信じた。前日の議論の影響でしょう」

「海軍将兵は心を強く持て……そんな話ではなさそうだな」

「そうなります。生存者が一名だけなので、確たることは言えませんが、どうも沈没した潜水艦も独特の精神状態に支配されていたようです。

潜水艦長は、駆逐艦に反撃することも検討していた節があります」

「事故が起きなかったら、同士討ちだったのか」

「可能性としては」

「結局、誤認が事故原因の一つとして、本質はどこにある？」

「これを指摘するのは、小職としても心苦しいのですが……」

「構わん。そのための権限を首席課員には与えているではないか。権限を行使したからには、課員には報告の義務が生じるのだぞ」

「それでは申し上げますが、本質的な問題は、我々の漸減邀撃作戦が作戦の柔軟性を著しく欠いている点にこそ、問題の本質がある。それが結論です」

それに対して富岡部長も色々なことが頭の中を駆けめぐったが、とりあえず一言を絞りだす。

「その根拠は?」

「漸減邀撃作戦に関して、じつは水雷戦隊と潜水艦部隊より、問題が指摘されていました。ですから、今回の事故が起こる素地はあったのです」

「問題が指摘? そんな話は……」

「聞いていない。そうでしょう。小職もそんな話は、この調査があるまで知らなかった。

いいえ、正確には目は通していたが、気にもとめていなかった。

上申書の類は確かに届いていました。ただ、軍令部でそれを検討しなかっただけです」

「問題の一端は我々にもあるというのか」

「いいえ、主たる原因は我々にこそあると言うべきでしょう。小職の口から言うのは心苦しいのですが。

まず水雷戦隊からの指摘は、その戦技があまりにも繊細であるという点です。時計のように精緻な運動が要求される。

しかし、実戦でそれが可能とは思えない。敵主力艦を撃破するために必要な条件だけを提示し、その実行を要求するが、それが成立しない場合の戦技は何もない」

「誰なのだ、我々の作戦をそうして論難するのは!」

「それが重要なことでしょうか、部長」

山根首席課員にそう尋ねられると、富岡部長も「否」と返答するしかない。じっさい重要なのは誰が言ったかではなく、何を言ったかなのだ。

「で、潜水戦隊はなんだというのだ？」

「敵艦隊を泊地から追跡するのは可能だが、敵艦隊を追い抜き、その前方で待ち伏せ、襲撃するというのは非現実的という意見です。

じっさい潜水艦は青軍を攻撃しようという行動の中で沈没しております」

「敵艦隊を追い抜き、待ち伏せする二三ノットの速力を実現するために、どれだけの苦労をしたと思っているのか！」

「しかし、そのために演習で事故が起きるのは本末転倒です。そもそも我々が現場の意見をもっと積極的に取り入れていたならば、今回のような事故は起きなかったでしょう。

さらに、ここで無視できないのは通信の問題です。青軍艦隊は駆逐隊の報告を認識していない。送信に問題があるのか、受信に問題があるのか、いずれにせよ通信は問題を抱えている。

にも関わらず、これが大きな問題とならないのは、我々の組織に風通しの悪さがあり、通信の問題が気にならなかった可能性があります」

富岡部長はそれを聞くと、腕を組んで天井をにらむ。にらんでも天井に答えはない。

答えは富岡部長の心の中にある。それは彼もわかっていた。だが、やはり山根首席課員に尋ねずにはいられない。

「軍令部は何をなすべきなのだ？」

「早急になすべきは、通信問題の改善です。機材や人材の手当を早急にしなければ、艦隊は艦隊として機能できません。確実な通信手段があったなら、今回の事故は回避できたのですから。

さらにすぐに着手すべきは、軍令部作戦課に潜水艦の専門家を入れることです」

「人を増やすのか？」

「現状を見てください。我が海軍にとって潜水艦は、国防を担う三本柱の一つといっても過言ではない。水上艦艇、航空機、潜水艦、これらが揃って国防は全《まっと》うできる。

しかし、軍令部に潜水艦がわかる人間がいない。だから、潜水艦にとって現実的な作戦が立てられない」

「うむ」

富岡部長は山根首席課員の言うことはわかったが、同時に実行の難しさもわかっていた。

なぜなら軍令部作戦課といえば、海軍のエリートコースだ。そこから軍令部総長になった人間も少なくない。

しかし、潜水艦の専門家が軍令部総長になったことはない。要するに、海軍首脳のキャリアパスに潜水艦乗りは含まれていない。

海軍戦力の三本柱の一つではあるが、出世コースではないのだ。

つまり、軍令部作戦課に潜水艦の専門家を入れるというのは、海軍のキャリアパスに変更を迫るに等しい。

海軍人事は海軍省人事局の管轄であり、事は軍令部だけでなく海軍省にも波及する。

山根は増員ですむように語るが、海軍赤レンガの人事は、一つ動かせば全体に波及しかねない問題なのだ。

しかし、富岡部長はそれが必要なこともわかっていた。むしろ演習中の事故というショック状態にあるいまこそ、こうした異例の処置を進めるチャンスではないか。

「そして、より重要なのは……」

「まだ、あるのか？」

「いままでの話は緊急に必要なことです。より時間が必要なものにも着手せねばなりません」

「なんだね、それは？」

「漸減邀撃作戦一本槍の状況を改善し、作戦に柔軟性を持たせることです。通信の問題が解決したならば、作戦の柔軟性を図る条件が整うでしょう」

「そうだとして何をする？　首席課員も、なんのあてもなくそんな提案をしているのではあるまい」

「漸減邀撃に代わる作戦の柔軟性は、小職一人でできるようなものではありません。ですが、たたき台程度のものはあります」

「どんなものだ？」

「たとえば航空本部長の井上さんが、海軍の空軍化という話を聞かせてくれました。まだ書類として提出する段階にはないそうですが、艦隊決戦ではなく、島嶼《とうしょ》での航空基地による敵艦隊迎撃を主軸とするというものでした。

また小沢さんが、米艦隊が島嶼を占領して拠点を構築しながら前進してきた場合、漸減邀撃では対抗できないとの見解を示しています」

「それは航空戦とは違うのか？」

「もし米太平洋艦隊が艦隊を二つに分けて、南北から日本を急襲したらどうなるか？　連合艦隊が主力を迎撃すべく移動している最中に、機動部隊が日本本土をゲリラ的に攻撃する。そうしたシナリオです。

島嶼帯を利用した広範囲な索敵能力があれば、そうした敵の分進合一にも対処できる。島嶼帯の戦隊が敵に対し、ゲリラ戦で応戦も可能だと」

「小沢さんらしい作戦だな」

富岡部長も、その作戦案を知らないではない。ただ、その場の座興程度にしか認識していなかった。

いや、認識せざるを得なかったとも言える。正規の作戦案として受け入れれば、それにより修正される戦備や組織は広範囲に及ぶからだ。

3

「おそらく、これが海外から輸入できる最後の重機だろう」

海軍省建築局の松本局長は、緊張した面持ちで貨物船から降ろされる建設重機の数々を見ていた。

それらはアメリカのキャタピラー社製のブルドーザーであったが、貨物船自体はマニラから出港していた。

色々と面倒な手間をかけ、フィリピンにあるアメリカ製の建設重機を購入し、日本に運び入れたのだ。

それらは一両を除いて、すべて中古である。状態は良好で運用に支障はないが、中古である事実は動かない。

フィリピンから購入するというからめ手からの入手であるためだ。ただ松本局長自身は、すべて真っ新な建設重機が望ましいとも思わない。

慣らし運転そのほか、重機を使えるまでにするのは難しい。その点で中古はこなれている。

一〇両の建設重機はガソリンエンジン式とディーゼルエンジン式の違いを除けば、ほぼ同型のキャタピラー50であった。

エンジン馬力はガソリンが四一馬力、ディーゼルが四五馬力。重量は一〇トン前後、牽引力は六トン弱である。

海軍省建築局は、このほかにも中国や仏印、フィリピンなどから鹵獲《ろかく》や購入で、この一〇両以外にすでに三〇両を確保していた。

それにこの一〇両で、総計四〇両の建設重機が確保された。車種はどれも同じである。

同じ車種で揃えたのは、これらを確保した理由が教育目的にあるからだ。

建設重機は各種あるが、松本局長はまずブルドーザーから人材育成に着手した。

東京大学の建築学部を卒業し、呉鎮守府や横須賀鎮守府の建設技師として野戦築城にあたっていた松本局長は、日本の土木建設における機械力の遅れをかねてから憂慮していた。

この問題は、単純に技術力の問題ではなかった。ブルドーザーよりも複雑な戦車などを、日本はすでに十数年前から国産化している。

ブルドーザーと戦車は同列に論じられないとしても、開発製造する技術がないというのは当たらない。じっさい小松などが試作品を開発・製造していることは、松本局長も知っている。

問題はもっと複雑で、雇用問題がからむ。大恐慌で大量の失業者が出たことで、政府は公共事業により職を確保することを考えた。

ただそのための予算は計上されず、地方自治体の建設工事を前倒しすることで、失業対策にあてるという措置がとられた。

松本局長をはじめ、日本の土木・建築の専門家は、海外の機械化動向も知っているし、日本にもそうした動きが広まりつつあることを目にしてきた。

しかし、建設重機が一両で三〇〇人分の作業をこなすなら、機械を用いなければ三〇〇人分の雇用が確保できるという話になる。

じっさいその方針により、公共事業の現場から建設重機は追い出される形となった。

つまり、大規模な土木工事の多くが国や自治体の発注であることを考えると、建設重機の市場規模は工場を維持できるほど大きくないという結論になる。

満州あたりでは、広大な農地をトラクターで耕すようなところもないではないが、日本の農地でトラクターを運転できる農地は限られていた。

こうした国内経済の構造が、労働生産性の高い建設重機の普及を阻んでいたのだ。

それを打破できる組織といえば、日本では陸海軍しかない。松本局長は、その点で自身の責任は重いと考えていた。

にも関わらず、彼が国産ではなくアメリカ製のブルドーザーを輸入したのは、やはり予算のためだ。

日本製は性能面でも価格面でも、アメリカ製に対する競争力はない。それに四〇両程度の発注では、メーカーも困るだろう。

生産ラインを改変して設備投資をするほどの数ではない。しかし現状の生産体制では、四〇両を生産するにはかなりの時間が必要だ。

そもそも小松をはじめとするメーカーは、陸軍の軍需品生産に追われ、海軍向けの機材を開発する余裕などなかった。

それでも平時なら、国内メーカーを育成する余裕はあろう。しかし、戦争がいつ起きてもおかしくない現状では、「いま」動かなければ間に合わない。

いま、という点は重要だ。何が起きたか知らないが、海軍省や軍令部は島嶼での迅速な野戦築城能力について海軍省建築局に問い合わせてきた。

問い合わせというが、実態は命令だ。野戦築城能力を向上させろ。そういうことだ。

そのため特別に予算も認められた。そこで松本局長は大至急、キャタピラー社の中型ブルドーザーの大量購入を行ったのだ。

すぐに数が揃えられるし、国産より安い。同じ予算なら、より多くの数が確保できる。消耗品や補修部品も大量に確保した。

彼がそこまで急ぐのは、すぐに仕事をはじめたいのと、もう一つの理由がある。

突然の予算増額と設営能力の向上命令。だから、上層部の支援が突然打ち切られる可能性もある。

突然の案件とは、そういうリスクもある。

松本としても機械力の向上は悲願であり、上層部の気が変わらないうちに重機を大量に確保したいという考えがあった。

松本局長は、とりあえず海軍の仕事を請け負っている工場にそれらの部品の複製を命じていた。

ライセンス的には問題のある行動ではあるが、背に腹は代えられない。それにこのライセンスが問題になるなら、それでもいいと松本局長は考えていた。

戦争になればライセンスの問題など、どこかに吹き飛んでしまう。ライセンスが問題になるうちは、まだ平和なのだ。

「四〇両あれば、第一期生は間に合いますね」

ブルドーザーを前にそう言ったのは、腹心の部下である山田技師だ。彼は東大建築学部で松本の後輩にあたる。

ただし、彼はもともとは海軍の人間ではない。

大学卒業後、民間の建築会社に就職し、そこからさる自治体の建設局に異動。公務員になってから、縁あって海軍鎮守府の建設技師となり、建築局に呼ばれて松本の部下となった。

アメリカのフーバーダム建設を視察に行くなど、海外の実状にも明るい。松本に中型ブルドーザーの購入を提案したのも山田技師である。

「第一期生には間に合うが、それでも二〇〇人だ。戦争になるかどうかはわからんが、一〇〇〇人養成するまで間に合えばいいが」

購入した四〇両で、海軍建築局重機取扱講習会を開くことが当面の作業となる。

講習会と言っているが、実態は学校だ。半年間、生徒や学生を教育することになる。

学校にしたいのはやまやまだが、海軍術科学校のようなものを立ち上げるのは大変な労力と手間がかかる。なにより時間もかかる。

ならば名前は講習会で、中身は学校にするほうが当面は合理的と言えるだろう。

ブルドーザーの操縦訓練だけなら半年はいらない。勘のいい奴なら三日もあれば、そこそこ使えるようにはなるだろう。

しかし、松本局長が求めているのは、ブルドーザーをそこそこ動かせる人材ではない。

まず、操縦手は自動車を運転し、整備できることが求められる。それには基礎的な技能を修得する必要がある。

じっさい問題として、ブルドーザーが操縦できてトラックの運転ができないのでは、戦場では話になるまい。

自動車の運転と整備ができて、ブルドーザーの原理や構造を理解し、基本的な整備と故障の修理にも対応できる。

さらに工事現場で作業をするため、基礎的な土木知識も持っている必要がある。最低でも図面くらいは読めないと困る。

それらを半年で修得するのは、言うほど容易ではないだろう。なにより松本局長の側には教範さえメモ書き程度しかできていない。

ただ一期生が卒業すれば、ブルドーザーを工事現場で自在に扱える人材を現場に送り出すことができるだろう。

現場とは戦場であり、工事に適切な地盤を判断し、部品が破損したら代用品で急場をしのぐようなことが彼らには要求されるのだ。

ここまでの能力を要求するのは、一期生が現場では指揮官の立場になるからだ。

松本局長は技術者であり、リアリストだ。もしも戦争となれば、ブルドーザーに限らず、半年もかけて丹念に人材を教育する余裕はないだろう。

そのあたりのことは予科練を見ればわかる。

航空機搭乗員の不足が予科練を必要とした。近代戦は機械を自在に操れる人間を大量に必要とするのだ。

だから、もし野戦築城の機械化が、このまま推進されるとしたら――量産しやすい簡便型の――ブルドーザーが量産され、大量の操縦手が必要となる。

それこそ最悪の場合、講習三日で戦場に送らねばならないかもしれない。

そんな状況になった時、現場を支えるのは一期生のような必要な技能を網羅的に学んだ人間だ。

一期生のような人間たちが、促成栽培の操縦員を現場で教育し、学校でできなかった教育を現場で補っていく。

それは決して望ましいことでも、よいことでもない。しかし、戦線を維持するという目的では、ほかに手段はないだろう。

だからこそ戦争が始まる前に、一期生や二期生という人材には十分な技能を学んでもらわねばならない。

しかし山田技師は、さらに不吉な予言をする。

「海軍の建設重機は、我々が保有するこれらの重機だけですね。早急に国産化の目処をたてないと、教育機材のこれらの重機が、早々に戦場に運ばれていくかもしれません」

「君はまた、ずいぶんと悲観的な物の見方をするのだな」

「過度の楽観視よりは、はるかにましだと思いますが」

「確かにそうだがな」

4

それから数日後、松本局長の姿は大阪にある花坂自動車にあった。

「お久しぶりですね」

花坂自動車の社長が自ら、松本局長を出迎える。花坂社長も学部こそ違え東京帝大の出身であり、花坂の弟が松本と同期で同じ学部だった。

「しかし松本さん、あなたも義理堅い。よくぞ弟の命日を覚えていてくださった。こんなご時世で、お忙しいでしょうに」

「いえ、親友の墓前に手を合わせるのは、人としての当然のことです」

「ありがとう。弟も喜んでいるでしょう」

花坂社長は松本局長を、社屋に連なる自宅の仏間に案内した。

花坂自動車は、産業統制前は小型車を中心に製造していた自動車会社だった。アメリカの自動車社会を目の当たりにした技術者の花坂太郎が興した会社だ。

ただし、彼は単に自動車を日本に持ち込もうと考えたわけではなかった。彼はアメリカの国土や経済事情がモータリゼーションを可能としたことも見ていた。

そして、フォードやGMと競合する国産車を製造しようとは考えなかった。

日本の技術で、それが可能とは思えなかった――たとえば日本の製鉄業界は、自動車用鉄材の生産に容易に着手しようとはしなかった――のと、仮に製造できたとしても価格競争力がないことを正確に見抜いていた。

なおかつ、国民の大半が農民である日本社会で自動車を普及させようとしたら、農民の需要を満たさなければならない。

こうして彼が開発したのは、当時の法律で無免許で操縦できる七五〇CC以下の排気量のエンジンで動く、不整地用自動車だった。

それは日本の道路の大半が、いまだ自動車の通行に適さないためで、不整地性能はそれに対する彼の解決策だった。

一見するとイロモノのように思えるが、道路事情の悪い満州などへの輸出も、彼は視野に入れていた。

彼の第一号車は、オートバイのエンジンで稼働する小型の履帯駆動車であった。これは、のちにドイツ軍が採用した半装軌車ケッテンクラートと酷似したデザインだった。

ただ試作一号機は、農家が無免許でも運転できる車両にこだわったことで、七五〇CCで一〇馬力の自作エンジンを使用したために馬力不足は否めず、履帯駆動なのに走破性は良好とは言えなかった。

しかし、花坂社長は試作一号のデザインから別のアプローチを考える。これが花坂自動車の製品としてはベストセラー（でも生産数四〇両だったが）の花坂号であった。

これはエンジン馬力を向上させ、免許は必要としながらも実用性を高めたもので、最大の特色は農業用トラクターにもなり、物も運べるという点だった。

要するに自家用車であり、トラクターでもあり、自動車を購入すればトラクターも手に入るようにしたのである。

この構想は、食糧自給の観点から農業生産性向上を考えていた農林省の支持を得て、補助金も支給された。

当時の農林省は、小作農のような形態は生産性が低く、自作農の増加こそ食料生産の前提と考えていた。

そもそも小作農が激増したのは、西南戦争後の松方デフレの結果、大量の自作農が農作物価格の低迷で没落した結果であり、農業生産性とは関係のない次元のことだ。

トラクターの普及による農業生産性の向上は、農林省の構想とも一致する。そこで花坂自動車は花坂号を生産・販売するが、四〇台しか売れなかった。

不景気の時代に値段が高かったのと、日華事変以降は機材の統制が強化されたためだ。

さらに花坂自動車そのものが経営の安定のために、自動車製造より自動車修理を中心とせざるを得なかったため――陸軍等の自動車の普及で仕事は多かった――自動車製造は開店休業状態であった。

「ときに花坂さん、一つうかがいたいことがあります」

「なんでしょう、改まって？」

「海軍建築局長としての質問ですが、御社の自動車生産能力はどの程度あります？」

「機材と資材を海軍が提供してくれる。その前提で考えてよろしいか」

「それで結構です」

「いま現在のままでしたら、月産一台か二台でしょう」

「一台か二台……」

「現状のままならばです、工場を整備し、設備を整え、人を補充すれば一〇台にはなります」

「一〇台ですか。まぁ、当面はそれでいいのか……」

「松本さん、我々に何を？」

「花坂さんは渡米経験もおありなのでわかると思いますが……御社でブルドーザーは製作できますか？」

第2章　花坂自動車

1

松本は約束を守った。

海軍省建築局の力のおかげだろうが、外国製の工作機械と消耗品、オイル、さらに国産のエンジンがガソリンとディーゼルが必要数、提供された。工作機械は貸与であり、ほかは官給品扱いで、花坂自動車の負担は小さい。これらを買い揃えるだけの資本力がないのだから、まさに干天の慈雨と言える。

ただ、海軍からこれだけの物が運び込まれた以上は、期日までに試作品を完成させる必要がある。

非常に微妙なのは、松本局長の発言であった。

「期日を厳守すること。性能は二の次でも構わない。完成品の改良は来年でもできるが、未完製品の改良は無理だからな」

要するに、国家予算で動く関係から期日までの予算消化が必要で、その予算の科目設定の関係で、機械として完成する必要があるという。

製造するのは二種類。軽履帯車両と押均機《おしならしき》である。

軽履帯車両とはオートバイのような装軌車で、左右両側に小型の履帯軌道があり、方向転換は普通のオートバイのような前輪で行う。

　これは日本でも普及している無免許の軽車両である三輪自動貨車を装軌化したもので、花坂自動車の試作一号機と形状は似ているが、構造面では色々と違っていた。

　試作一号は、農業用トラクターの代替も可能なように、トランスミッションがエンジン馬力に比して複雑で、自社製エンジンの馬力の限界もあり、成功とは言いがたかった。

　しかし、今回の軽履帯車両は、市販の三輪車の装軌化というくらいに構造を単純化していた。

　それでも軽量なのと、エンジン性能が向上したことで、設計では一般道路なら三〇〇キロ程度の荷物を載せて移動できた。

　さすがに田んぼのような泥濘だと五〇キロがせいぜいだが、乾いた田んぼなら二〇〇キロ程度の物資を輸送できた。

　花坂社長は満州での使用を考えていたが、松本局長は委任統治領などでの使用をほのめかしていた。

　なるほど、道路状況が満州より悪いのなら、履帯は必要だろう。

　当初、この軽履帯車両は松本局長の依頼の中にはなかった。彼が求めていたのは、あくまでもブルドーザーだったからだ。

　しかし、たまたま会社に飾ってあった試作一号車――つまり売れなかったのだ――を見た松本局長は、その車両に何か感銘を受けたらしい。

「これは、物は運べるのかね？」

「一五〇キロくらいのものは運べます。農村での

利用を考えていたので」と言ってから、あわてて
つけ加える。

「農村部では馬車しか通過できないような橋も珍しくないですから」

「なるほど……フックがあるということは牽引も可能か」

「まぁ、トラクター代わりに鋤《すき》を牽引することも考えてましたので」

「トレーラーは牽引できるか」

「それは考えませんでしたが、やればできなくはないでしょう」

「飛行機は牽引できるかな」

「飛行機の重さによると思いますが……」

「そうだな」

海軍省建築局の人間なのだから、土木関係の用途を意図していることぐらいは、さすがに花坂にもわかる。弟の同期なので、その人物のほども。

話の端々から推測して、松本局長が考えているのは、委任統治領などでの飛行場建設の類らしい。

道路建設ができれば機材はトラックで運べるが、その道路を建設するにも機材や資材がいる。

その機材や資材を道なき道を走破して輸送するのに、花坂試作一号のような車両が適切と考えたのだろう。

農村でも使えるなら、委任統治領でも使えるはずだ。

仕事がら陸軍でも戦車のような装甲兵車の研究が行われていることは、花坂も知っている。

ただ、やはり松本局長が求めているような用途では、あれは難しいだろうと思う。

価格が高いのと、南方であんな複雑な機械を整備するには、相当数の消耗部品などを必要とする。なによりも日本からだと船舶輸送となるが、港湾設備が充実していないであろう南方では、船から降ろすのも容易ではあるまい。

その点では、構造も簡単で軽量な花坂号のほうが有利である。運べない一トンより運べる一〇〇キロだ。

こうして予定になかった軽履帯車両の開発計画が、まず決まった。これには試作までできているので、失敗は少ないはずという読みもあった。

一方、押均機については難航した。これは花坂自動車の責任というよりも、海軍省建築局の松本のほうに問題があった。

花坂社長と会ってから、松本は案件を建築局に持ち帰った。そこで再度、部下たちと会議をするなかで、押均機の要求仕様がどんどん増えたのだ。

さすがに海軍なので、輸送船で運ぶ都合から重量や容積を無闇に大きくするようなことはなかった。

予算にしても、大本営海軍部の気まぐれの可能性もあり、そうそう高価なものは開発できないという背景もある。

なにしろ海軍首脳は、海軍の野戦築城にはほとんど関心がなく、機材開発や工法の実験についてなかなか予算がつかないことも多かったからだ。

急に手のひらを返されても、鵜呑みにできない道理である。

しかし、逆に重量と容積を増やさないことが、要求仕様を面倒にした部分があった。

たとえば操縦席の装甲化という項目があり、小銃弾に耐えられる程度とはいえ、重量の制限がすでにあるなかでは、かなり困難な要求だった。

また押均機だけではなく、オプションでクレーンを取り付けられるようにするとか、発電能力を持たせて電動工具を動かすための電源にするなどの要求もなされた。

当然ながら、最初の打ち合わせでは、海軍側と花坂自動車側との認識の隔たりの大きさだけが確認されて終わった。

花坂太郎自身は、ブルドーザーがどんな車両かは知っていた。だから、花坂試作一号を拡大する形で、小型ブルドーザーを実現することを考えていたのだ。

しかし、花坂案は海軍の求めているものより小さすぎることがわかった。この点は海軍の要求する大きさまで拡大することが了解された。

問題はその他の要求仕様で、花坂社長はそれらを突っぱねた。

それには相手が旧知の人間で、会社の意見を言いやすかったということと、建築局は自分たち以外の自動車会社を見つけることは無理だろうという読みもあった。

自動車会社と関係が深いのは歴史的に陸軍であり、古くから軍用車を製造しているような会社は陸軍の軍需で手一杯で、海軍の要求を満たす余力がないと考えたのだ。

その読みはおおむね当たっていたらしく、海軍も花坂自動車の言い分をある程度は受け入れてくれた。

しかしそれは、逆に花坂自動車を追い込む形になった。

海軍が妥協した分、自分たちも妥協が必要となったが、それを実現するのが難しい。さすがに「技術がありません」とは言えないのだ。

ただ小さな会社であり、設計・開発・製造の人間の絶対数が足りない。

しかも松本局長は資本が弱いことを鑑みて、花坂自動車に軽履帯車両の製作も要求したのだが、それだけ設計陣や開発陣が喰われてしまう。

人を募集したいが、昭和恐慌の時ならいざ知らず、戦時経済で軍事産業は活況だ。優秀な技術者で失業中の人間などいない。

結局、満州まで手を伸ばして、やっと二人ほど増員できた。

この増員はある意味、成功だった。海軍の要求するオプションについて、意外な解決策を導き出したからである。

「押均機のブレードの昇降を、この電動式のウインチで行います。そして押均機のブレードを取り外せば、この昇降装置はそのままクレーンに使えます」

「さらにクレーンを電動式にしているので、クレーンのモーターのスイッチを切り換えれば、発電機としても使えるはずです」

話を聞けば、どうしてこんな単純なことに気がつかなかったのかと、そっちのほうが不思議なくらいの話である。

むろん、この機構でのウインチや発電能力は、専用の物と比べると高いとは言えないだろう。

ただし、南方に何台も重機が運べるはずもなく、汎用性は重要だ。それに専用機より劣るとしても、人力と比べれば数十倍の威力がある。

設計は松本局長に絶賛され、それは固まった。しかし、そこから製作図面を起こし、部品を発注して組み立てる。

それもまた容易なことではなかった。それでも、昭和一六年一〇月には試作一号車が完成した。

2

「ほう、すごいもんだな」

追浜《おっぱま》の海軍航空基地では、軽履帯車両の牽引試験に航空畑の将兵が鈴なりになっていた。

花坂自動車の社員が運転する軽履帯車両は戦闘機や艦攻、艦爆を見事に牽引し、さらに陸攻までも牽引したのだ。

「あれは世界最小の戦車じゃないか」

「陸攻に積み込んで落下傘で降ろせるかもな」

そんな会話さえ将兵たちは口にしていた。むろん、これは海軍に制式化されるための試験である。

最初の野戦築城機材としての軽履帯車両は、その存在を航空本部も知るところとなり、そちらからも発注があった。

小型軽量の牽引車としての用途であり、陸攻やほかの攻撃機に爆弾・魚雷を移動し、運ぶのに適当と考えられたのだ。

試験場には松本局長の姿もあった。航空本部が本車両を採用するにあたっては、松本局長の働きかけも大きかったからだ。

花坂自動車の生産力や資金力では、本命のブルドーザー開発を行うのは難しい。なので、とりあえず軽履帯車両の生産で工場を稼働させ、海軍から資金を提供する必要があった。

ブルドーザーの試作一号はとりあえず期日までに完成し、書類上は海軍に納入されたが、即日で改善命令が出されていた。

もともと試作一号車そのものが、海軍から花坂自動車に資金を出すための方便である。受領と改修工事で別途、予算を組めたのだ。

もっとも、松本局長がこんな綱渡りのテクニックを駆使できたのも、海軍省建築局への予算申請がほぼ満額で認められたためだった。

どうも海軍は、本気で建設重機の開発を進めているらしい。

「こいつで、どれくらい工事が進捗するものでしょうかね」

そう松本に親しげに話しかけてきたのは、軍令部の山根中佐だった。昨今の野戦築城への風当たりのよさは、彼の尽力という噂があった。

「これ自体で、ですか……」

「本命は押均機だとはうかがってますが、これもなかなか使えそうじゃないですか」

「まぁ、すべて人力でやるよりは色々と使えると思いますが、これでできるのは基本的に輸送と牽引です」

松本局長は言葉を選びながら、軍令部作戦課の将校に向かう。表面的な階級では松本のほうが上であるが、自分は士官であり山根は将校だ。

しかも相手が軍令部作戦課となれば、妙に親しげにされれば警戒したくもなる。

「装甲は施せますかね」

松本は最初、山根の言っている意味がわからなかった。意味がわかってからも、意図がわからない。こんな機材を装甲化してどうしようというのか？

「豆戦車になるかというなら、そういう用途は考えないほうが無難でしょう。設計が根本的に違います」

履帯で稼働するため仕方がない面もあるが、軽履帯車両は何度か「豆戦車なのか」という質問を受けていた。

幸か不幸か、陸軍には九四式軽装甲車という豆戦車があった。

本来は前線に銃弾などを届ける牽引車なのだが、歩兵部隊でも扱える軽便な装甲戦闘車両として、師団内に装甲車隊を設けるところも現れ、豆戦車としての運用が中心となったものだ。

ただ、最初から装甲車両として機関銃まで装備している九四式軽装甲車と、履帯をつけたオートバイの軽履帯車両では、構造から何から全然違う。値段もおそらく桁が違うだろう。

だが山根中佐の考えは、それとは別にあった。

「いや、私とてこれが豆戦車になるとは思いませんよ。基本はオートバイじゃないですか」

「そうですね」

「運転手を守る防循《ぼうじゅん》がつかないかと」

「防循ですか……」

それで、やっと合点がいった。まぁ、考えてみれば、これを豆戦車にするような非常識な人間が、軍令部作戦課では困るのだ。

「自分は自動車は専門外ですが、小銃弾に耐えられる防循なら厚さ五ミリは必要でしょう。上半身を守るだけなら、それだけで一〇キロにはなりますか。

前輪にそれだけ余計な負荷をかけると、走行性能に影響が出ませんかね。まぁ、素人考えですが。しかし、なぜ防循を？」

「いえ、単なる思いつきです。島嶼帯の争奪戦となった時、敵前上陸が必要かもしれず、あるいは前線まで物資を運ぶような状況です。このような軽車両なら、防循だけで対応できないかと思いまして ね」

松本局長には、運転手の前に防循をつけた軽履帯車両が、敵弾をはじき返しながら前進する様が一瞬浮かんだ。

しかし、野戦築城の専門家としては、それは絵空事だろうと思う。敵弾は正面からだけ飛んでくるものではなく、さらに砲弾だって炸裂する。

防循で乗員の安全が図れるなら、装甲車とか戦車を開発する必要はないのだ。

適材適所というが、そもそもこれは後方で用いるべき機材であり、前線に投入する機材ではない。

それは押均機も同じだ。敵弾が飛び交う中で、荒野を開拓して行く建設重機の姿は勇敢に思える。しかし、敵弾が飛び交うような場所で野戦築城を行うことは、少なくとも建築局の職掌ではない。

自分たちは陸軍工兵ではなく、海軍の建築局なのであり、この機材もそのためのものだ。

とはいえ、わざわざそんなことを、ここで口にしない程度の分別は松本局長にもある。

それでも若干だが意地悪な質問が、彼の頭に浮かんだ。

「敵の待ち構える海岸に敵前上陸をかけるとすれば、陸戦隊となるでしょうが、それはどうするんですか？

軽履帯車両よりも、そちらが問題ではないかと思いますが。敵の火力を潰す機材が陸戦隊には必要でしょうし、上陸前に敵防衛線を破壊できたら、軽履帯車両に防循は不用かと思いますが」

「あぁ、やはり松本局長もそう思いますか」

やはり、と言うからには、さすがに軍令部作戦課も考えたのだろう。

「まぁ、大きな声では言えませんが、じつは陸軍がそうした用途の船を開発しておりました」

「陸軍が船を？」

「ＳＳ艇という八五〇トンほどの船だ。試験結果が良好なので改良型を建造するそうだが、いかに陸軍技師が優秀でも船舶には素人。

戦車などを上陸させたいらしいが、道板の展開機構が複雑で、実戦向きかどうかは疑問だ。そこで海軍工場で、より洗練された船を建造することになった。

さすがに海軍省や艦政本部とはやり合ったがね。機材は陸軍も提供する。すでに何隻か陸軍傘下の造船所でも完成する頃だ」

「そんなものが……」

「それほどに驚くことかね？　局長のところでも出師《すいし》準備は進められているだろう」

「それはそうですが……」

昭和一六年の一〇月のいま、和平交渉は続いているものの、戦争になりかねない可能性は高い。陸海軍もそれに備えた動員体制にあった。海軍省施設局も遠からず組織編成して建築本部となり、野戦築城のための設営班の編成が進められる。

軽履帯車両なども制式化前に生産が進められ、部隊配備されることになっていた。

押均機については、試作品段階のものを教育用に残し、輸入できたアメリカ製のブルドーザーを設営班に一両ずつ配備することも進められていた。

本当は一両と言わず二両、三両と配備したいが、それでは教育用がなくなってしまう。現状では開戦を前提として動いていかねばならない。

花坂自動車の開発と生産がある程度の水準に達するのに、半年はかかる。それまで現場を支えるのはアメリカ製のブルドーザーであり、虎の子のブルドーザーは、いましばらく出し惜しみをしなければならないのだ。

「まぁ、万が一の時が来たとしても、設営班が敵弾が飛び交う中で上陸することはないだろう。

上陸時には戦車が橋頭堡を築くことになるだろう、常識にしたがっても。ただし、戦争が長引いた場合、敵弾が飛び交う中で野戦築城を行うというのは、絵空事ではなくなるかもしれん。

それこそ、装甲は無理でも押均機に機関銃を搭載するくらいのことが必要になるかもな」

山根中佐はそれを冗談のつもりで言ったらしいが、松本局長は必ずしもそうは受け取らなかった。

爆弾三銃士のようなことを、設営班がやらねばならない可能性も、あながちないとは言えないのだ。

3

海軍第三設営班の班長である山田技師がポナペ島に上陸したのは、昭和一六年一一月のことであった。

委任統治領は非武装が建前であり、そのため山田班長以下の人間は南洋庁の人間として上陸していた。

「お待ちしてました」

部下とともに山田班長を迎えたのは副班長の岸谷だった。

海軍設営班は、班長が建築なら副班長は土木、あるいはその逆と、班長と副班長の専門を違えるように人事がなされていた。

おおむねこの時期の設営班は、高等官の技師による班長・副班長のほかに技手が三から四名、事務が一、二名、技工士の五、六名が幹部である。

ほかに、徴用工の隊員が二〇〇〇名から三〇〇〇名いた。

ただし、この二〇〇〇とか三〇〇〇というのは一般的な話であり、第三設営班は機械化が進んでいるのと、開戦前に基地化を悟られるわけにはいかないため、総勢でも五〇〇人である。

さらに軍医や通信兵、主計長などの海軍軍人もいたが、ここでは全員が南洋庁職員として私服であった。

「とりあえず、宿舎の準備は終わっています。接収とプレハブの組立で全員が寝泊まりできます。

食事その他はポナペの業者に業務委託してあるので、不自由しないはずです」

「南洋の島嶼でも、こういう場所だと苦労がないな」

山田技師が松本局長からポナペに行けと命じられたのは、わずか二週間前のことだった。

「知っての通りポナペは委任統治領であり、軍事施設の建設は認められていない。しかし、国際情勢は緊迫の度を増している。いつ戦争になるやもしれん。だから外交問題の懸念もあるが、軍事施設を建設せねばならん」

「具体的には？」

「多数の陸攻を運用できる大型飛行場だ。周辺施設よりも、まず滑走路を優先する。飛行機の離着陸さえ目処がたてば、あとはなんとかなる。

その後、状況次第で高角砲陣地や海岸砲台の建設が必要になる。さすがに大砲までは現時点では据えられないが、大砲さえ搬入すれば、すぐに砲座になる程度には仕上げてほしい」

それを聞いても山田技師は驚きはしなかった。ある程度は予想していたことだからだ。

じっさい仲間の中には、プレハブ建築の研究を任され、出師準備に組み込まれたものもいた。

岸谷が言う隊員用宿舎も、この研究の産物だった。押均機だけでなく、海軍省建築局が担う研究は、基地の急速設営にすべてが収斂《しゅうれん》されていた。

ただ、山田班長だけが知っていることがある。それは、ポナペ島の航空基地は別の作戦を支えるということだ。

さすがに詳細までは山田班長も知らされていないが、どうやら真珠湾奇襲作戦というものがあるらしい。それに呼応して、ポナペ島の航空基地からウェーク島の米軍に対して奇襲攻撃をかける。

位置的にはウェーク島もグアムも、ポナペから距離にして一六五〇キロ前後だが、日本からだと前者が三二〇〇キロ、後者が二五〇〇キロで七〇〇キロも違う。

もしも戦争となれば、米軍拠点のグアムもウェーク島も両方が攻撃対象となるはずだ。しかし、山田班長が知らされているのは、ウェーク島の攻撃だけだ。

二つの拠点の同時攻撃はできないから、最初にウェーク島を攻撃し、それからグアムを攻撃するのか、グアム島は別働隊が攻撃するのか。それについては何もわからない。

ともかく開戦の可能性があり、有事に備えて陸攻隊が活動できる準備を整える。

宿舎も用意してあることから、作業は翌日には開始された。建設に適した土地は土木の岸谷が選定していたが、そこから図面を引き、作業をするのは日程的に容易ではなく、突貫作業が続く。

キャタピラー50ブルドーザーを持ち込んでも、図面の概要がないと作業にかかれない。

とりあえず灌木《かんぼく》の伐採などを粛々と進めながら、可能な部分から図面を引いて工事するような自転車操業が続く。

さすがに部下たちも、あまりに時間的余裕がない作業に疑念をいだいていたが、時局から戦争が近いのではないかと忖度《そんたく》し、文句を言うこともなかった。

厄介なのは、内南洋の開発を行う南洋拓殖会社からのクレームだった。金のからむ話は重要だったが、自分たちは海軍の仕事をしている。

なので、山田班長は交渉を主計少佐の主計長に一任した。会議で潰す時間があるなら、図面に線の一本も引きたいというのが、山田班長の本心だ。それに、高等官五等の技師よりも海軍の主計長のほうが、昨今は色々と話が通じやすいのだ。

「なんとか先方と話はつきました」

主計長は割と早く戻って来た。

「海軍の仕事と言っても、なかなか納得してくれませんでしたが、機械化部隊ということでなんとか」

なるほどブルドーザーは持っているが、機械化部隊とは大袈裟な、と山田班長は思った。

ただ、どうして海軍では納得しなかった連中が、機械化で納得したのかには興味があった。

「結局、彼らは何について文句を言ってきたんだ。工事を止めろと」

山田班長は、そのレベルでしか問題を把握していなかった。戦争の危機が迫るのに、工事の邪魔をする輩《やから》の言い分など聞いていられないという思いもあった。

さすがに主計長にそれを尋ねた時は、彼もいささかばつが悪かったが。

「工事そのものへの反対じゃありません。工賃です、問題は」

「工賃？」

主計長によると、先方の言い分はこういうことだった。

設営班の工員は、日本の横須賀界隈なら土工で日当二円、人夫でも一円八〇銭である。しかし、これが内南洋での働きとなると、出張手当的な意味もあって、日当は五割増しで三円ほどになる。

じっさい、設営班の徴用人夫の日当はそんなものだ。

ところが内南洋の労賃は違う。内南洋の日本人の八割を沖縄県人が占めるが、たとえばサトウキビ畑の一日の労賃が一円五〇銭。しかもそれを五銭上げるかどうかで、南洋拓殖会社と争議が起きたりしているらしい。

そういう労賃の場所で、日当三円の人夫が工事を始められては困る。それが彼らの言い分だった。

内南洋の経営も新聞で読むほど順調ではなく、稼げば税金で吸い上げられ、人夫の労賃を上げることなど無理だというのだ。

「それで機械化部隊だと納得したのか?」

「うちの人夫は、建設重機や機械を扱えるから労賃が高いと言ってやりましたよ。それに作業は機械がやるから、人夫の数も五〇〇人で間に合う。賃金水準を大きく狂わせるほどの規模じゃないってね」

「なるほどな」

山田技師は班長として、南洋拓殖会社との折衝を主計長に委ねたものの、その話の内容には考えさせられた。

実際問題として、彼は懸念をいだいていた。

戦争になり、ポナペから陸攻隊がウェーク島を攻撃するような時、何が起こるか?

ウェーク島には米軍部隊がいる。航空隊もいるらしい。だから陸攻隊の攻撃に対して、彼らが反撃を加えたら、ポナペはそのまま戦場となるだろう。

反撃を受けた時、ポナペには自衛手段がない。高角砲も機銃もない。それらはこれからおいおい整備されるもので、輸送物資には含まれていない。だから、五〇〇人の人夫にも死傷者が出るだろう。だがそうなった時、彼らは死に損だ。なんの保障もないのだから。

よしんば見舞金か何かが出るとしても、雀の涙で終わるだろう。

もし自分が戦死した場合には、高等官五等だから佐官クラスの見舞金や遺族年金が支給されよう。

こうした立場や身分の違いは人夫たちも理解している。だから銃弾が飛び交う中で、飛行場の修理が必要だとしても、彼らの献身は期待できまい。

むろん、彼らが愛国心から献身的に危険に飛び出してくれる可能性もある。しかし、それを自分が期待してはまずいだろう。

自分が死んだら妻子が路頭に迷うことがわかっているのに、敵弾に身をさらす人間がいるか？

いままで考えたこともなかったが、いざ戦争が具体的な可能性になったいまとなっては、真剣に考えねばならない問題だ。

「それは、やはり機械化が鍵になるんじゃないですか」

この問題について相談した山田班長に対して副班長の岸谷は、意外な切り口で返してきた。

「機械化？　身分の問題だぞ、いま話しているのは」

「わかってます。だからこそその機械化です。この問題を根本的に解決するには、徴用人夫ではなく、設営班全員の軍人化が不可欠でしょう。

　文官であれ、武官であれ、ともかく軍人でなければならない。そうなれば身分も保障され、命令も機能します」

「軍人化か……」

　山田班長は米軍の工兵隊のことを思い出した。歴史的な背景もあるが、アメリカでは大規模な土木工事に工兵隊が投入されることが珍しくない。

　技術や組織の統制で、工兵の仕事は確かに結果を出していた。それと同様のことだろう。

「それで機械化は、どうつながる？」

「いまなら徴用人夫を二〇〇〇とか三〇〇〇人も利用できますが、戦線が拡大したら、そんな余裕はないでしょう。人夫たちも徴兵されてしまう。

　だとすると、彼らを海軍軍人として囲い込む必要があります。ただし、甲種合格を設営班で囲い込むのは難しい。一方で戦線が拡大し、野戦築城の要求が強まれば設営班の増設が不可欠です。

　この矛盾を解決するには、設営班の定員をいまより小さくするしかない。二〇〇〇とか三〇〇〇ではなく五〇〇前後に。おおむね陸軍の大隊規模ですか」

「しかし、五〇〇名では可能な工事は限られる。ならば機械化を進めて、五〇〇人で二〇〇〇人、三〇〇〇人分の仕事をするようにする。そういうことか」

「そういうことです」

岸谷副班長の意見は、押均機としてブルドーザーの国産を進めている流れとも合致する。

ただ設営班の人間を減らそうとするには、機械化をいま以上に進める必要がある。ブルドーザーで省力化できる仕事だけではないからだ。木材加工やそれらによる建設なども機械化が必要だ。

そうなると、適正な人数と高度な技術を持った人材の養成が不可欠になる。

機械化により必ずしも甲種合格にこだわらなくてもいいぶん、乙種合格でも国民兵役の人材の活用はできるだろう。

特に中高年の国民兵役なら、体力はともかく技能は高い。そして機械化部隊なら、体力は大きな問題とはなるまい。

「しかし、四〇歳、五〇歳の人間まで戦場に投入しなければならないとしたら、戦争は苛烈さを増していくな」

技術的な合理性だけを考えてきたが、山田班長に見えたのは、必ずしも明るい未来だけではなかった。

4

ポナペへ緊急に船舶が入港したのは、一一月も末のことだった。

荷揚げ作業は夜間に行われ、山田班長にも立ち会うようにとの命令が届いていた。命令はその程度のものだったが、彼には状況の緊迫化から、積荷の内容はわかる気がした。

「気をつけろよ！　ただものじゃないんだ！」

高速貨物船の脇に寄せられたトラックの荷台に、クレーンで細長い木箱が降ろされる。

「航空魚雷か」

山田のつぶやきに、主計長が書類を見ながらうなずいた。

滑走路はすでに完成し、アスファルトで舗装まではされているが、それが陸攻の基地になるというのは、山田班長にもあまり現実味はなかった。

滑走路を建設しながらも、これが徒労に終わることを内心では祈っていた。

しかし、魚雷や爆弾、航空機用のオイルや燃料、その他の消耗部品までが輸送され、建設した倉庫に運ばれるというのは、戦争が現実のものであることを意味している。

戦争が現実のもので、それに備えることができるという理由は一つ。

それは日本がアメリカから攻撃されての開戦ではなく、日本がアメリカに奇襲をかける形の戦争であることを意味する。

だからこそ、こうして準備ができる。

しかも滑走路の建設をはじめ、入念な準備の上ではなく、緊急の準備であることは、開戦の決定が恐るべき性急さで進められたことを意味するのではないか？

山田班長には、そうとしか思えない。

真珠湾に対する奇襲というのがどういうものかはわからない。ポナペからハワイまで五〇〇〇キロ以上あるから、常識で考えれば潜水艦が密かに接近し、湾内に雷撃を仕掛けるような戦い方か。

だが、どういう形であれ、その真珠湾への奇襲もまた、短期間で具体化した作戦ではないのか？

果たして、そうした性急な攻撃で戦果はあげられるのだろうか？

そんなことを考えていた山田班長の前に、それは降ろされた。花坂自動車の軽履帯車両だ。

おそらく陸攻や爆弾・魚雷のトレーラーを牽引するのだろう。航空隊においては建設機材ではなく、整備機材の類らしい。

しかし、こんなものまで投入されるとは、ポナペの基地化はほぼ航空要塞の構築に等しいのではないか。

情勢は日々変化しているらしい。自分たちに命令をくだすのは海軍省建築局であるが、いくつかの施設については、後まわしにせよという指示がきた。


なによりも滑走路と倉庫類ということだが、延期を命じられたのは燃料タンクであった。

これは飛行場に近い海岸に栈橋を設け、そこまでパイプラインを敷設して、基地の燃料タンクまで引き込むというものだった。

大規模な航空基地では必須の施設だが、建設には相応の手間がかかる。しかも燃料タンクは敵襲を考慮して、地下式で設計されていた。

最初の修正は、時間がかかる地下式をやめて地上設置型にすることだった。工期短縮のためだ。

ところが、すぐに燃料タンクは後まわしとなる。主計長に確認するとタンカーの手配の関係らしい。

それは重要な話である。タンカーの手配など後日なんとでもなる話だ。それが原因で工事が先送りになるというのは、開戦が決定し、しかも近いということだろう。

それは間違いなかった。爆弾等が運び込まれた翌日、小型の貨客船が入港して再び物資を揚陸する。

ドラム缶に入ったガソリンであった。とりあえずこのガソリンを集積所に並べて、燃料タンクの代替にせよということらしい。

そして、貨客船から降りた数百人の人間は海軍軍人であった。航空隊の人間で、彼らは私服であったが、目立たないわけがなかった。

ポナペの島は、いつの間にか警官などが増員され、外国人などが山田班長らの作業現場に接近できないように監視していた。

スパイを警戒してのことだが、それでもこちらの動向はアメリカかどこかに伝わっているのかもしれない。

貨客船には複葉の飛行機も搭載されていた。水上機ではなく陸上機だ。基地まで運ばれて整備されると、さっそく飛行し始める。

「あなたが山田班長か?」

航空隊の先発隊を率いる男が現れる。背広姿でも兵科将校であることは、歩き方だけでもわかる。

「時間もないのにここまで仕上げてもらったことに感謝する」

「いえ、それが仕事ですから」

それは謙遜でもなんでもなく、山田班長のポリシーだ。しかし航空隊の人間は、その返答をいたく気に入ったように見えた。

「なるほど、違いない。我々も自分らの任務に、そう返答したいものだ」

「あの飛行機は？」

「練習機だが、連絡、偵察と小回りがきいてなにかと重宝だ。単座ではできることに限りがあるし、周辺の軽い偵察だけのために陸攻を飛ばすのも馬鹿らしいからな。

まぁ、さすがに練習機のままではなく、発動機の強化と航続力の大幅強化は図っているがな。

とりあえず、滑走路の完成度をあれで確認している。練習機でわかるかと言われればそれまでだが、練習機で駄目なら陸攻なら確実に駄目ということだ」

「試験飛行ですか」

「相談もなしにというのは無礼とわかっているが、時局も考えて理解してほしい」

「いえ、それはわかります……近いのですか」

山田班長の質問に航空隊の代表は、少し躊躇《ちゅうちょ》しながら返答する。

「班長らにも工期の問題があるだろうから、それを知りたいのはわかる。ただ、我々にも守秘義務がある。それもわかってもらいたい」

まぁ、そうだろうと山田班長も思う。ここまで切羽詰まっているなら開戦は決定事項だろうし、それも一〇日の余裕があればいいほうだ。

「まぁ、我々が何もしないで、このまま帰還する可能性はある」

「決定は……」

「あるいは大本営はすでに腹を決めているのかもしれないが、いまのところわからない。ところで、あそこにあるのは石油タンクの工事現場か？」

「そうですが、先送りしろとの命令が」

「開戦が回避されれば、委任統治領に軍事施設とはいかないからな。仮に工事を続けるとしたら、基礎工事の完成にあとどれほどかかる?」

「まぁ、基礎工事だけなら一週間ほどでしょうか」

「一週間か。しかし、基礎だけでは使えんか」

それは航空隊側からのギリギリの回答であることに、山田はすぐに気がついた。正確に一週間ではないにせよ、おおむね一週間前後で戦争となる。

だからこそ、基礎だけでは使えないと彼は言ったのだ。

「万が一の時には、集団で陸攻がこちらに移動するわけですか」

「そうなるだろう。経済速度で飛行する。着陸時には燃料はほぼ空だろうから、ここで補給し、出撃する」

「相当の規模ですな」

山田班長は、ドラム缶の山を見て思う。何会戦分かはわからないが、これだけの燃料なら二〇機、三〇機の規模となろう。

とはいえ、それも現状では一回かせいぜい二回の出撃規模だ。奇襲攻撃は可能でも、持久力という点では十分とは言いがたい。

航空隊の人員はそれからも増え続けた。別の貨物船が入港し、さらに一〇〇人ほどが降りたのだ。

そうしたなかで、航空隊の代表は「決定しました」と山田班長に告げた。

一二月二日の夜のことだった。二人の間ではそれだけで話はすんだ。

別れの挨拶なら、和平が成立したという意味になる。しかし「決定した」となれば、開戦が決定したの意味しかあり得ない。

それでも、山田班長は「いつなのか」とは問わない。一週間以内であろうし、施設工事はすでに陸攻が運用可能な水準に達している。

それは航空基地としての完成を意味してはいない。燃料タンクをはじめとして、未完成の施設は残っている。

しかし、陸攻隊が作戦を実行できる水準にはなっている。これ以上の作業の完成は開戦後になってからだろうし、その意味ではいまできることは、もうない。

そうして一二月七日の午後、二七機の陸攻隊がポナペ島の飛行場に着陸してきた。

本来なら、こうした行為はほどなくして国際問題となるだろう。しかし、通信施設は日本が完全に管理しており、船舶の運航も日本当局の管理下にある。

外国船も何隻か入港しているが、当局の働きかけで、使えないようになっているらしい。

つまり、明日には攻撃がなされるということだ。

じじつ設営班の工事作業の横で、陸攻隊には燃料補給や爆弾の搭載が行われている。

攻撃目標がウェーク島であるためか、魚雷も備蓄されているものの、陸攻に装備されているのは爆弾だけである。

大半が二五〇キロ以下なのは、個々の爆弾の威力よりも、爆弾の数を多くして破壊する面積を確保するという考えらしい。

軽履帯車両も出撃準備のために忙しく働いている。山田班長も設営班の作業を中断し、班の所有するトラックで港からの物資輸送に専念させた。

いま自分たちが行っている建設作業が、直接航空隊の支援にはならない。むしろ揚陸作業を手伝ったほうが効果的だろうという考えからだ。

この山田からの申し入れは、航空隊には予想外のものであったらしい。しかし、それを断る理由はどこにもない。

こうして輸送作業が行われた。自動車を運転できる人間は限られていたため、徴用人夫などは船員にまじって船倉から運べる物資を降ろしていた。

通常ならこんな真似をすれば船員からクレームがくるはずだが、そんなことはなかった。

海軍の仕事ということもあるが、徴用船員の数が足りないため、期日までに荷揚げを終えるには設営班の助けは貴重だった。

船員にとっては、設営班の人間が作業にあたったからといって工賃が下がるわけではない。

設営班の人間も工賃は保証されているから、仕事内容が肉体作業Aから肉体作業Bに変化しても気にならないわけである。

厳密には、労働内容についての契約その他のことを考えれば、それは契約違反ではあるのだが、雇用する側も雇用される側も、そうした法的問題を気にする人間は皆無だった。

それは戦時であるからというよりも、当人たちは法的な権利意識が希薄であり、海軍士官らはそもそも徴用人夫や船員の法的権利にまったくの無関心であったためだ。

いずれにせよ作業は進み、人間で運べる物資は次々とトラックに積まれていく。トラックで駄目なものは大型トレーラーに積まれ、ブルドーザーで牽引されていった。

そうした物資の多くは、糧食や消耗部品などであった。だから、これから未明には出撃するであろう搭乗員たちに、いますぐ役に立つわけではなかった。

ただ、トラックやブルドーザーが何度となく港と飛行場を往復する光景は、航空隊の搭乗員たちの士気を高めた。


「魚雷を搭載したいと思うのですが」

三機の陸攻が航空隊の隊長に談判してきた。

「魚雷だと？　なにするんだ？」

「ウェーク島には敵の艦船が停泊しているかもしれません。それらに備えるためです」

雷撃も必要ではないかという意見は、以前よりあった。

ウェーク島の偵察までは海軍も手がまわらず、出せる陸攻も二七機までであること。また、水上艦艇部隊――その戦力は小規模であったが――もウェーク島攻略に関わるため、雷撃隊の編成は不要と言われていたのだ。

「二七機しかないなかで三機も雷撃に割いたら、水平爆撃の威力が落ちるではないか。それにいまさらそんなことを言っても、爆装は終わりかけているんだ」

「しかし、ウェーク島に何かいた時に雷撃がまったくできないのでは、戦機を逃すかもしれません！」

ウェーク島の戦備が強化されているという噂は

かねてよりあった。ただ、偵察はなされていない。戦力的に貴重な潜水艦をそちらに割けないためだ。

第四艦隊司令部は、そんな艦艇はないだろうし、あったら駆逐艦で対処するつもりであった。

ただ陸攻隊の人間には、護衛もないような軍艦を雷撃できるチャンスという解釈をするものもいた。

艦隊は来ないか、来るなら軍艦単独か小規模。それこそ航空攻撃には願ってもない獲物である。

「なら、一機だけ雷撃を許可する。兵装の準備が整っていないもの一機だけだ。それなら、出撃準備に影響はすまい」

雷撃を志願した機長らは、不承不承「ありがとうございました」と退散する。一機だけでもゼロよりましだ。

そうして一二月八日未明、二六機が爆装し、一機だけ雷装した陸攻隊が出撃した。

第3章　航空雷撃

1

日本時間の昭和一六年一二月八日。

二七機の陸攻隊が出撃準備をしていた頃。本隊の攻撃に先立ち、練習機として配備された複座機がウェーク島に向かっていた。

航続力を強化してあるため、かろうじてウェーク島とポナペの往復は可能である。

エンジンも強化されているが、それは燃料搭載量と相殺され、最高速力はそれほど向上していない。

性能ぎりぎりの飛行機が偵察に飛ぶのは、それが予定外であったためだ。最初から計画にあれば、そうした要求仕様の性能強化がなされただろう。

偵察が決まったのは昨日のことだ。ウェーク島攻撃隊の雷撃機論争のなかで、偵察が必要という議論が生じたからだ。

軍艦がいるかどうか、それを確認することが必要と決定し、急遽、飛ぶことになった。それは泥縄ではあったかもしれないが、必要と考えられたのである。

だが、一つ大きな問題があった。誰も気がつかなかったこと、それは搭乗員の技量である。

「おい、ちょっとおかしくないか」

機長でもある航法員が操縦員に怒鳴る。

「機体が偏流で流されてるぞ」

「そんなはずはないんですが……」

「だったら俺の天測が間違ってるってのか！」

「いえ、そんなつもりは……」

もっとも、機長も操縦員ばかりを責められない。しばらく荒天のために天測ができず、おかしいと思いながら、自分も流されていることに気がつかなかったためだ。

「燃料は……」

「ちょっと待て……あぁ、燃料はなんとかなる。追い風が幸いしたらしい。でもぎりぎりだ！」

そして機長は、海面におかしなものを発見する。

「おい、針路変更だ！　海面に航跡らしいのが見えるか？　あれを追跡する！」

「あの航跡……」

「あれはかなりの大型艦だ！　軍艦かもしれん！」

「ウェーク島は？」

「我々の任務は軍艦の有無だ。あれがウェーク島からの軍艦なら、島に軍艦はいないだろ。そんな大きな島じゃない！」

そして航跡を追跡した彼らは、そこにあるものを発見する。

「駆逐艦三、空母一！」

2

空母エンタープライズはこの時、ウェーク島に

Ｆ４Ｆ戦闘機や機材類をフェリー輸送した後、真珠湾に向けての帰路についていた。

日本軍が軍事行動に出ようとしている。その観測から、日本軍はグアム島やウェーク島を真っ先に攻略すると、米太平洋艦隊は分析していた。

そのため空母エンタープライズがウェーク島へ補給のために赴いたのである。

「右舷方向より航空機！　複葉の陸上機！」

エンタープライズの見張員から報告があった時、ドミニク艦長はさほど驚かなかった。

この距離から飛行できる陸上機と言えば、ウェーク島の飛行機しかない。複葉機があの島にあったかどうかはわからないが、練習機か偵察機があってもおかしくはない。

見張員の報告では、複葉機は黄色に塗られ、国籍は不明という。

ドミニク艦長は艦橋から双眼鏡で確認するが、見慣れない複葉機というくらいしかわからない。空は明るくなっているが、飛行機の詳細がわかるほどには明るくない。

じつはこの時、空母エンタープライズはレーダーを作動させていなかった。戦争が近いと言われているとはいえ、いまは戦時ではない。なおかつオペレーターの不足もあり、常時使用されているわけではない。

だから偵察機は見張員が発見する形となった。したがって、飛んできた方向もはっきりしない。航跡を追ってきたならば、それはウェーク島から来たことになるのだ。

「なんなのだ、あの飛行機は？」

「通信筒でも投下するのでは?」

そうしたなかで複葉機は反転し、ウェーク島方面に帰還する。その途中で複葉機は何かを落とした。

落としたのは見えたが、何が落ちたのかはよくわからない。

「やはり通信筒では?」

「無線では駄目なのか」

「日本軍の傍受を恐れているのでは。潜水艦などを確認したとか」

「なるほど」

ドミニク艦長は航海長の意見を妥当なものと考えた。しかし、複葉機の搭乗員の技量には怒りを覚えた。一刻を争うかもしれない時に、どこに通信筒を投下しておるのか!

すぐに近くの駆逐艦が通信筒の回収に向かうが、発見できなかった。

彼らは知らなかった。通信筒などではなく、日本軍機が偏流を計測するための発煙筒であり、それが着火しなかっただけだということを。

3

「エンタープライズ級空母だと!」

偵察機の無電を受けた陸攻隊の指揮官は雷撃機が一機しかないことを悔やみ、開戦劈頭《へきとう》に空母と出会ったことを喜んだ。

彼は時計を確認する。いまごろワシントンではアメリカ合衆国政府に宣戦布告文書が手渡されているだろう。

そのタイミングで真珠湾が攻撃され、そしてウェーク島から真珠湾に向かうらしい敵空母が撃沈される。

陸攻隊の指揮官も、真珠湾攻撃作戦の詳細までは知らない。

真珠湾の基地機能を破壊することで、米艦隊の進攻を大幅に遅らせる。強力な拠点を失った米艦隊は、小規模な活動を余儀なくされ、そうした小規模部隊を日本海軍は各個に撃破する。

具体的にどんな部隊が何をするのかは、陸攻隊の指揮官クラスではわからない。わかるのは、これがチャンスということだ。

「エンタープライズ級空母を攻撃する！」

4

「航空機、多数接近中！」

のちに信じがたい失策とドミニク艦長が非難されたのは、最初の偵察機らしきものと接触した後も、空母エンタープライズはレーダーを作動させていないことだった。

それを失策というのは、多分に結果論とも言えた。軍艦は直《ちょく》で動いており、ドミニク艦長もレーダー手の直にあわせてレーダーを稼働させるつもりだったからだ。

それにドミニク艦長の警戒感が薄いなら、真珠湾のキンメルはどうなるという話になる。

じっさい政治的な責任問題もあって、ドミニク艦長の責任論が口にされることも多かったのだ。

しかし理由はどうあれ、この時、空母エンタープライズのレーダーは稼働していなかった。

そのため空母部隊が陸攻隊を認めた時、すでに陸攻隊は攻撃態勢に入っていた。

未明の攻撃ということもあり、直援機も飛んでいない。

さらに直前の「通信筒の問題」もあって、空母エンタープライズは見張員が認めた航空機を、やはりウェーク島からのものと判断してしまった。

理由は簡単で、ウェーク島に向かっていた部隊が途中で針路変更をかけ、針路の修正も行ったからだ。

完全にウェーク島からとは言えないものの、おおむねその方向なので、誰も疑問を抱かなかった。


それが日本軍機と気がついた時には、すでに手遅れだった。

唯一の雷撃機となった陸攻の機長は、黒板で文字を書くという方法で、指揮官と大急ぎで襲撃案をまとめた。

黒板を使ったのは、敵空母の前で電波を発信したくなかったためと、通信士を介する手間をかけたくなかったためだ。

やりとりは雷撃機の提案を陸攻隊指揮官が承認するという単純なものだったことも大きい。

陸攻隊の主力はやや遠まわりになるが、ウェーク島からやって来たように見えるような針路修正も行った。

そのなかで雷撃機だけは、高度数メートルという信じがたい低空を飛行しながら、主力とは異なる航路で空母エンタープライズに接近していた。

空母が主力部隊に呼応して動くことを勘案し、意表を突く方角から雷撃を仕掛ける。

唯一の雷撃機により雷撃を成功させたなら、水平爆撃も容易になる。

雷撃の後の爆撃なので、雷撃が失敗しても空母の飛行甲板を潰せば使用不能にはできる。

なによりも彼らが有利なのは、少なくとも空母の側は「まだ戦争をしていない」ことだった。

じっさい空母と三隻の駆逐艦は単縦陣で航行しており、空母の側面を守るものは何もない。

陸攻の機長は細かい指示を出すことなく、最終段階は操縦員にすべてを託した。

操縦員は計算尺のような雷撃照準器を定め、空母エンタープライズに接近する。その時点で空母から発砲があったが、撃墜のためではなく警告射撃でしかなかった。

ドミニク艦長は、日本軍機が空母を挑発し、こちらが発砲して陸攻が撃墜されたら、それを口実に戦争を仕掛けてくることを恐れていた。

彼は真珠湾に部隊が向かっていることも、マレー半島に部隊が上陸していることも、まだ知らない。

ドミニク艦長の視点では、自分たちこそが日米両軍の接点であり、最前線である。だからこそ、敵に攻撃の口実は与えられない。

この時の艦長の判断が妥当か、そうでないのかは、人により意見は分かれよう。ただ一つ言えるのは、彼はこの日、最悪の運勢のもとにあったことだ。

「投下！」

雷撃機の機長は、最適のタイミングで魚雷を投下する。

雷撃の瞬間、機体は浮き上がりバランスを崩しかけるが、機長はそれをうまく回収した。

急上昇する陸攻の窓からは、白い航跡が空母エンタープライズに延びて行くのが見えた。

空母は針路を変えようともしない。あるいは変えようとしているのかもしれないが、間に合わない。

魚雷は空母エンタープライズの艦尾あたりに命中し、そこで爆発した。

「誤爆なのか⁉」

ドミニク艦長が真っ先に思い浮かべたのは、パナイ号事件だ。日華事変の時に日本軍が米艦パナイ号を誤爆し、沈めた事件だ。

だが、敵味方が不明確だったあの混乱の時と、いまは違う。

日本軍の演習という可能性もないだろう。演習で本物の魚雷は使わない。

つまり、これは日本軍による奇襲攻撃だ。いまこの瞬間から日米両国は戦争となる。

それがドミニク艦長の解釈だった。

自分たちを攻撃するのが日本国の意思とは思わなかった。ウェーク島への補給は最近決まったことで、彼らにそれに対する準備はできないだろう。

おそらく、どこかの航空隊の指揮官の暴走ではないのか？

彼は戦争を望んでいる。

ドミニク艦長の解釈は、そうだった。自分たちこそが日本軍ともっとも近い以上、衝突するとしたら自分たちが最初となろう。

そしてあの偵察機が日本軍機で、そこから攻撃が決定されたのだとしたら、いまのこの攻撃は計画的ではなく偶発的なものだ。

ドミニク艦長の分析は、ある部分で正しく、ある部分で間違っていた。しかし、彼にとってはほかに解釈する余地はない。

すぐにダメージコントロール要員が応急処理に動き出す。しかし、日本軍の攻撃が「開戦前」であったことは、空母にとって致命的であった。

それは、艦内編制が戦時編制ではなく常務編制であり、乗員定数が必要数を満たしていないことを意味した。

米太平洋艦隊とて、乗員の育成には努めているが、一朝一夕で育成できるものではなく、しかも航空機のフェリー輸送任務であれば、定数以下の乗員は仕方がない。

しかしそれは、ダメージコントロールの現場では大きなマイナスになった。

ともかく浸水箇所をふさがねばならず、注排水でバランスをとらねばならない。ところが、要員の不足は中間クラスの指揮官の不足として顕著だった。

数少ない下級指揮官が負担を抱え込み、隔壁閉鎖はうまくいったが注排水にミスが生じ、空母の傾斜はむしろ拡大する。

修正はすぐに改められはした。しかし、致命的な遅れを伴った。迎撃戦闘機の発艦が不可能であった。

その状態で、陸攻隊の空襲を空母エンタープライズは受けた。無抵抗に等しい空母エンタープライズへの水平爆撃は、一発が舷側に、三発が飛行甲板に命中した。

飛行甲板の一発はエレベーターを直撃して使用不能にした。残り二発は格納庫内で爆発する。舷側に命中した爆弾は居住区を破壊した。

大規模な火災の発生は、それでも一度は鎮火可能と思われた。

格納庫内の艦載機が少なかったことが、ここにきてエンタープライズには幸いした。舷側の艦内火災は鎮火できたので、格納庫の鎮火で解決できると考えたのだ。

格納庫はこの時、開放されていなかった。下手に開放すると、エレベーターが破壊されているために格納庫が煙突となり、火勢が強まる恐れがあったからだ。

しかし、ここに意外な伏兵があった。舷側に命中した爆弾により航空機用燃料の給油系統が破壊され、パイプから燃料が漏れていた。

人員が多ければ燃料の漏出も発見できたかもしれない。しかし、ダメージコントロール要員の数は少なく、鎮火した場所に人を張りつけておく余裕もない。

漏出した燃料はそのまま艦内で気化し、広がり続ける。

そして酸素との比率が一線を越えた時、わずかな火花により爆発的な燃焼が起こる。つまり、艦内で大爆発が起きた。

空母エンタープライズの軍艦としての機能は、この大爆発で停止した。空母からは激しく黒煙が吹き上がり、さらに隔壁も破壊され、艦は傾斜しはじめた。

電力も途絶し、艦内の通信もままならない。駆逐艦が遅まきながら陸攻隊を攻撃するが、それにはもはやなんの意味もなかった。

ドミニク艦長は総員退艦を命じたものの、その命令自体が艦の限られた部署にしか届かない。最終的に脱出できたのは、二〇〇人ほどに過ぎなかった。

空母は駆逐艦により消火が行われるも、鎮火する兆しはなかった。結局、その日の午後、日本軍の追撃を避ける意味もあり、空母エンタープライズは雷撃されることとなる。

一方の陸攻隊は戦果確認のため、燃料残量のもっとも多いものが残り、それが悠然と空母の周囲を舞う。ほかの陸攻はポナペに帰還し、今度こそのウェーク島爆撃に向かう。

もはや奇襲は望めないかもしれないが、水上艦艇部隊は自分たちを待っている。計画は狂ったかもしれないが、空母を撃破できたことで、それは最小限度にとどまるだろう。

空母が残っていたら、作戦自体が失敗に終わったかもしれないからだ。

ウェーク島攻略を指揮していた第四艦隊司令部は、上陸作戦の手順が狂ったことは遺憾としつつも、それ以上に敵空母を撃沈したことへの称賛を惜しまなかった。

計画通りにウェーク島に奇襲をかけても、敵空母が健在なら、やはり攻撃計画は変更を余儀なくされただろう狂っただろうという認識だ。この点では、陸攻隊と同様の認識といえる。

ただ、じっさいにはウェーク島攻略で、今回の空母撃沈が影響を与えることはなかった。

ウェーク島側では事実関係の確認ができなかったことと、日本軍機が米空母を攻撃したという情報が日本軍の謀略と解釈されたためだ。

ウェーク島の視点で考えるなら、開戦前に空母エンタープライズが攻撃されるなどあり得ない。

それに近海の空母が攻撃されたのに、どうしてウェーク島は攻撃されないのか？　それは当事者には非常に不自然なものに思われたのである。

そのため第四艦隊の攻撃は予定通りに行われた。


航空支援は後手にまわり、なおかつ陸攻隊に戦闘機の護衛がないことで損害も出たほか、掃海艇の爆雷が戦闘機の機銃掃射により誘爆を起こすなど、予想外のことが起きていた。

しかしそれは、陸攻隊のタイミングのせいばかりではなく、ウェーク島に関する情報不足が原因と思われた。

ただウェーク島の守備隊は、戦争がマレー半島から真珠湾に及ぶ広範囲なものであることと、空母エンタープライズが本当に撃沈されたことなどにより、継戦は不可能と判断して降伏する。

真珠湾攻撃から空母エンタープライズの撃沈にいたる一連の出来事は、米太平洋艦隊の責任に関して、米国内の世論を大いに刺激した。

特にやり玉にあがったのは、空母エンタープライズが適切な判断を行えば、真珠湾奇襲の結果は違っていたのではないかという指摘である。

なぜなら、真珠湾攻撃より空母エンタープライズ攻撃のほうが三〇分ほど早かったからだ。この三〇分の時間差が活用されていたら、米陸海軍は日本軍を迎え撃つことができただろうというものだ。

ドミニク艦長のこの責任問題は、海軍首脳が負うべき失態の責任を、現場指揮官の責任に矮小《わいしょう》化しようという動きであり、意外な影響を日本海軍に及ぼすことになる。

幸か不幸かドミニク艦長は戦死していたが、二〇〇名弱の乗員が救助されていた。この中で空母エンタープライズがレーダーを停止していたことが問題となった。

「艦長がレーダーを作動させるよう命令を出すことはなかった」

これが事実であり、レーダーを作動できない人員配置の問題も証言がなされていた。

しかし、この事実は伏せられ、世間には「艦長がレーダーを止めるよう命じた」と公表され、艦長の判断ミスとの印象が世間には強く印象づけられた。

レーダーさえつけていれば、空母エンタープライズは奇襲を受けず、沈められることもなく、真珠湾奇襲も撃退できた……はずという理屈である。

「米海軍は日本軍に勝てる実力があったのに、レーダーを使ってなかったので負けた」

そうした説明が、海軍中央主導で積極的にマスコミに展開された。

日本は第三国を経由して、こうした米国内の動きを探っていたが、合衆国内の世論形成で盛んに登場する「レーダー」という単語に、当初は大いに当惑させられた。

レーダーなんて機械は日本にはない……と思われていた。

ともかく、アメリカにはレーダーという装置があり、それさえあれば日本軍の奇襲は大失敗していただろう。海軍当局としては、そうまで言われては「レーダーとは何ものか」問題を放置するわけにはいかない。

こうして技研の人間が呼ばれて資料が渡され、レーダーなるものが日本でも開発されている「電波探信儀」のことであるとわかる。

海軍中央は、とりあえず日本もレーダーを開発していることに安堵したが、その実用化に大きく遅れていることには危機感を持った。

ともかく軍令部も海軍省も、レーダーがどんな存在かわからなかった。

そこで技研に話を聞くと、担当者は「いまこの風に乗らなければ、日本の電波探信儀研究は英米に遅れたままだ！」という危機感から、大いに吹きまくった。

結果として日本の電波探信儀開発と実用化は、「アメリカが恐れている兵器」として優先的に進められることとなる。

5

伊号第一五潜水艦は、発射管が艦首六門で水偵を搭載する乙型潜水艦であった。

　彼らは真珠湾攻撃作戦の支援部隊として、真珠湾とミッドウェー島の間に展開し、交通破壊と偵察を行うよう命じられていた。

　真珠湾攻撃で脱出した敵艦艇が、ミッドウェー島方面に避難するような場合、その残敵掃討を行うという意図がある。

　また、将来的なミッドウェー島攻略の布石という意図もあるらしい。ハワイを潜水艦で封鎖するような場合、ここを拠点とするのである。

　航空機がハワイ周辺を偵察し、その情報をもとに潜水艦部隊が襲撃をかける。

　それだけなら必ずしもミッドウェー島である必要はないが、アメリカの領土を基地化することに意味があるらしい。

　アメリカはミッドウェー島奪還のために無駄な労力を割かねばならず、それが全面的な反撃を遅らせるというわけである。

「いつごろ現れるでしょう？」

　哨戒長が、司令塔に上がってきた石川潜水艦長に尋ねる。周辺状況は無線で知るしかなかった。

「まだしばらくは現れまい。計画通りなら、ちょうどいまごろ真珠湾を攻撃している。だから湾外に脱出した艦艇がこの海域まで進出するのは、今夜から明日午前中というところだろう」

「湾内で敵艦を沈めないんでしょうか」

「沈めないことはあるまい。ただ空母四隻に戦艦二隻で、基地の破壊が主軸だ。何隻かは脱出できるんじゃないか」

「一隻も出撃しないのでは、我々は飯の食いあげですね」

「そういうことだ」

石川潜水艦長が、真珠湾作戦について知らされたのは一一月頃だった。開戦が近いだろうことは、内外情勢から推測はついたが、よもやそんな作戦が進行中とは思ってもいなかった。

日本海軍の人間ですら知らないのであるから、米太平洋艦隊にとっては完全な奇襲となるだろう。

そもそも、真珠湾攻撃作戦の計画自体が二転三転したらしい。

一つには南方侵攻作戦を陸海軍が進めるためには、投入戦力を調整する必要があったことだ。

陸海軍ともに航空優勢が絶対条件であり、海軍もどれだけの空母が投入できるかが作戦進行上、重要な要素であった。

そのため作戦を主導する連合艦隊司令部と投入する空母の数について、綱引きが続いたという。

一時は連合艦隊側が大型正規空母六隻すべてを投入するような作戦案を出したこともあったらしい。

しかし、これは軍令部側の反対で潰《つい》え、すったもんだで第一航空戦隊と第二航空戦隊の四隻の空母で攻撃は実行され、第五航空戦隊が南方作戦に投入されるのと引き換えに、航空隊の奇襲の後に戦艦比叡と霧島が進出して艦砲射撃を行うこととされた。

最初の奇襲で制空権を確保すれば、敵航空隊の脅威は取り除ける。それに、比叡・霧島のような高速戦艦を航空機で撃沈できるはずがない。

それが——異論もあったが——海軍内部の常識であった。

比叡・霧島による砲撃は一撃離脱の攻撃になるだろうが、敵の基地施設には甚大な影響を与えるはずだった。

すでに真珠湾の施設図は作成されており、戦艦から固定目標への砲撃を行う準備はできていた。

逆に、湾内の軍艦の位置関係は真珠湾攻撃部隊にはわからない。だからそれらは、航空機が主として担当する。

敵の航空基地を制圧して制空権を確保し、湾内の艦艇を叩く。停泊中の艦艇がどこまで脱出するかはわからないが、それらは湾外で待ち伏せる潜水艦部隊で仕留められる。

さすがに真珠湾は警戒が厳重なので、軍港の出口で待ち伏せとはいかないが、敵艦隊が陣形を再編すべく集結するような海域が狙い目だった。

その意味では、伊号第一五潜水艦は真珠湾から離れている点で、不利な気もしないではない。

しかし、これは縦深《じゅうしん》を深くするための常道であり、真珠湾に近いから有利という単純な話ではない。

こうした潜水艦の積極的な運用は、軍令部に潜水艦の専門家が配された影響だと、第六艦隊司令部では話されていた。

軍令部作戦課の潜水艦担当課員が、領域の担当と縦深の深さを持ったこの配置を提案し、受け入れられたのだ。

潜水艦部隊の作戦案は比較的柔軟であった。真珠湾の混乱が収まり、計画通りに基地機能を破壊できたなら、残存艦隊は西海岸まで下がるしかない。

その状況で潜水艦部隊は東進し、敵残存艦隊を追跡し、状況次第では積極的に攻撃を仕掛ける。

何を攻撃すべきかの判断は、各潜水艦長に委ねられていた。

これは当然の話で、真珠湾攻撃の成果がどうなるのかわからないのであるから、何を攻撃すべきか決められるわけがない。

それに、真珠湾復興のための物資を満載した貨物船と戦艦部隊では、どちらを優先して攻撃すべきか、その判断も容易ではない。

石川潜水艦長もそうしたことを勘案し、敵艦船の通過を待っていた。案外自分たちが狙うことになるのは、ミッドウェー島への補給艦船ではないかという気もしている。

それはそれで、後の攻撃計画があるのだから、獲物としての価値はある。

しかし、彼が予想していなかったことが一つあった。それは、ミッドウェー島方向から獲物がやって来る可能性だった。

6

「空母エンタープライズが日本軍機に攻撃されただと!?」

ミッドウェー島に航空機などを輸送していた空母レキシントンのF・C・シャーマン艦長は、通信室からの報告に耳を疑った。

空母エンタープライズはウェーク島に向かって

いるはずで、島が攻撃を受けていないのに、どうして空母が襲撃されるのか？

シャーマン艦長も疑ったのは謀略通信である。

「それは空母同士の戦闘なのか」

「双発の爆撃機による空襲を受けたとのことです」

「双発機なら陸上機か……」

シャーマン艦長は見なくてもわかっていたが、念のため海図で確認する。どう考えても、日本軍機が飛んでくるような基地はない。

シャーマン艦長に限った話ではないが、この時期の米軍軍人の日本の航空機技術への理解はひどくゆがんでいた。

日本軍機の性能は、欧米の半分以下という理解である。したがって、低速で短距離しか飛べない日本軍機が空母エンタープライズを襲撃するとなれば、それが可能な島はないことになってしまう。

唯一可能なのはウェーク島だろうが、それは考えるまでもなくあり得ない。

だから、日本軍による謀略と彼らは考えた。

悪いことにエンタープライズは、襲撃時には暗号化などせずに平文で緊急電を打っていた。

それには少なからず日本軍の非道ぶりを訴えるという意図があったのだが、それがかえって謀略通信という疑いをいだかせたのである。

「あえてこうした通信を送ってきたというのは、敵はこちらから手を出した形にしたいらしいな」

狡猾《こうかつ》な手だとは思うが、確かに効果的ではある。

アメリカの世論を考えるなら、合衆国から攻撃して開戦となれば、早急に戦争は終わらせねばならなくなる。

日本軍がそれを待って大規模攻勢をかけてきた場合、合衆国は守勢に立たされた状況で停戦を受け入れることになり、軍事的には大きな不利益をこうむることになる。

「太平洋艦隊からは何か言ってきているか」

「いえ、司令部からはまだ何も」

「まぁ、日曜日だしな」

7

「本当に空母だな。レキシントン級か」

石川潜水艦長も、真珠湾から避難する艦艇については考えていたが、まさかミッドウェー島のほうから空母が来るとは思わなかった。

しかし現実は現実。空母を発見したからには、攻撃を仕掛けねばならない。日米はもう戦争状態にあるのだ。

「敵は開戦を知らないのでしょうか、潜艦長？」

「確かに警戒する様子は、まるでないな」

空母レキシントンと駆逐艦は単縦陣で進んでいたが、乙の字運動をするでもなく、潜水艦を警戒している様子は微塵もない。

「真珠湾攻撃が行われたことを、まだ知らないのか」

そうなのだろう。真珠湾の攻撃が失敗したとしたら、自分たちにもその報告があるはずで、失敗はなさそうだ。

とすると、奇襲は望外の戦果をあげ、敵は奇襲を受けたという報告も出せない状況ではないのか。

「あるいは、真珠湾奇襲を信じていないのか」

ともかく急がねばならない。それが石川潜水艦長の結論だ。

空母の艦長が日米開戦を知らないために無防備であり。それを自分たちが攻撃したとしても、アンフェアな行為とは言えないだろう。

それは彼らの落ち度である。なにしろ開戦は事実なのだから。

演習などでは、敵艦隊に先回りして襲撃することは困難だと結論づけられていた。駆逐艦などが空母を守るべく配置についているからだ。

しかし、それも戦争状態という前提の話。少なくとも、いまの空母レキシントンは平時の運用で動いている。

だから、駆逐艦も周囲を警戒するようには動いていない。単縦陣なので側面は無防備だ。

攻撃する側として好都合なのは、敵艦隊が空母を先頭に三隻の駆逐艦をしたがえていることだった。敵艦隊に先行しても、駆逐艦から掣肘《せいちゅう》を受けることはない。

敵空母に先回りし、最適の射点に占位する。

敵空母は一定の速度と針路を維持しながら航行を続けて――目的地は真珠湾であるらしい――いたので、未来位置を予測するのは容易《たやす》かった。

ただ射点につくまでには、それなりの時間がかかった。最大速力の二三ノットで白波を立てて進めば、さすがに発見されてしまうだろう。

距離をおいて、計算した航路で発見されないように先回りする必要があった。

そうして射点に到達した頃には、遠くに空母のシルエットが見えた。敵艦との射角が六〇度になるよう、潜航しながら微調整を行う。

航海用潜望鏡で遠距離の敵艦隊の位置を確認しつつ、伊号第一五潜水艦は雷撃準備にかかった。

「全発射管に魚雷装填！」

「魚雷装填、宜候《ようそろ》！」

六門の艦首発射管には酸素魚雷が装填される。

この射角と距離では外すはずがない。

石川潜水艦長は司令塔から襲撃用潜望鏡を出し、
最終確認を行う。

そこにはあるべき位置に、あるべき針路で進むレキシントン級空母の姿があった。

「放て！」

潜水艦長の合図で水雷長が発射の命令を下す。

相互干渉を避けるために時間差をつけて六本の魚雷が放たれる。

「急速潜航、深度五〇！」

「急速潜航、深度五〇宜候！」

雷撃すれば、必ず反撃される。だから石川潜水艦長は、潜望鏡深度から深度五〇メートルまで潜航させる。

相手が爆雷攻撃を仕掛ける時、深ければそれだけ逃げ切れる可能性も高い。

魚雷発射と同時に時計員が時間を計測する。時間を読み上げる声が、声を発する者のいない発令所に広がっていく。

時計員が命中予測時間を読み上げてすぐに、爆発音が響く。一発……二発……三発……四発。

六本の魚雷は四本までもが命中した。戦果は潜望鏡でなければ確認できないものの、これだけの酸素魚雷を受けて無事な軍艦はないだろう。

伊号第一五潜水艦は左舷側より攻撃を仕掛けた。

当然、敵駆逐艦は左舷側に捜索を集中する。

だから石川潜水艦長は、そのまま全速前進で左舷側から空母の右舷側に抜ける針路をとった。

それは彼らにとっても博打であったが、博打を打つ価値はあった。

後方の駆逐艦は、全速で魚雷の射点らしい海域に移動したため、潜水艦からは離れる方向に進む結果となった。

探信儀で激しく探信音を放つが、当然ながら潜水艦の反応はない。

駆逐艦は、その周辺に爆雷を次々と投下する。だがそれは海水を擾乱《じょうらん》させ、かえって潜水艦の推進機音を見失う結果となった。


駆逐艦がチームを組んで潜水艦を追い詰める。そうした訓練は大西洋艦隊では、それなりに試みられていたが、太平洋艦隊では十分でなかった。

そもそも駆逐艦三隻の戦力では、できることに限界があった。

火災を起こして沈みつつある空母レキシントンを救うこと。それが、まず駆逐艦部隊が優先すべきことであり、一隻が乗員の救難、一隻が消火活動の支援にあたるとなれば、潜水艦を攻撃できるのは一隻だけ。

そして、空母にもっとも近い駆逐艦が潜水艦攻撃に向かったが、彼らは素直に左舷側に向かったため、伊号第一五潜水艦を発見できるはずがなかった。

もっとも駆逐艦の側も、現有戦力で日本軍の潜水艦を撃沈できるとは考えていない節もあった。

むしろこれ以上の攻撃を許さないよう、威嚇のために爆雷攻撃を行っているとも解釈できた。

石川潜水艦長はそのまま空母から離れつつ、潜望鏡深度まで浮上し、短時間の戦果確認を行う。

「沈めたな」

酸素魚雷四発が命中して沈まない軍艦があるはずはないが、じっさいに目視確認しなければ納得できない。

そして、空母は左舷の浸水により傾斜していた。飛行機の発艦が不可能どころか、飛行甲板の一部は、すでに海面下に沈んでいる。

伊号第一五潜水艦は、それからゆっくりと潜航しながら移動した。やがて浮上し、次の獲物を求めて新たな情報を待った。

8

シャーマン艦長にとって、日本軍潜水艦からの攻撃は完全な奇襲であった。

その前に空母エンタープライズが日本軍機に攻撃されたとの情報があったこともあり、対空警戒だけに注意を向けていたことも大きかった。

その意味では、先入観が招いた失態とも言える。

それでも立て続けに起こる衝撃は、その瞬間にシャーマン艦長の希望を打ち砕いた。魚雷四本を受けて無事な軍艦などないからだ。

むろん、ダメージコントロールで最善を尽くすべきなのもわかっているが、物理法則は覆せない。

それもまた事実だ。

じっさい電源は失われ、隔壁は雷撃の衝撃波でゆがみ、閉鎖できない。注排水装置も動かないなら、艦を救える道理がない。

「エンタープライズの話は本当だったか」

シャーマン艦長が思い浮かべた最初がそれだったことも、全般的に彼の判断をネガティブな方向にバイアスをかけたと言えるかもしれない。

ただある意味で、それは空母レキシントンの乗員たちには幸いした面もあった。

艦長が無理に艦を救おうとしなかったことで、脱出のための時間的余裕が生じた。

また、雷撃と飛行甲板への爆撃という上下からの攻撃を受けたエンタープライズと異なり、レキシントンは艦底付近の雷撃だけであり、基本的に損傷は全員がわかっていたし、下層甲板の乗員が上に向かえば脱出はかなった。

火災が進路をふさぐような局面は、エンタープライズより少なかったのだ。

それでも脱出が楽だったとは言いがたい。艦が傾斜したことで壁だった部分が床になり、床だった部分が壁になろうとしていたからだ。

傾斜した空母内の移動は決して楽ではない。傾斜した壁を艦首部から艦尾まで落下して絶命する不幸な乗員もいた。

それでも空母レキシントンは、一〇〇〇人近い乗員を救うことができた。

シャーマン艦長も、確認できる範囲で最後の乗員が脱出した段階で自身も退艦した。

艦と運命を共にしようとは、シャーマン艦長は思わなかった。戦時の作戦中に雷撃を受けたのならそれは不注意であり、自身の責任であるだろう。

しかし、宣戦布告もないなかで奇襲攻撃を受けたことにまで責任は負えない。攻撃を受けてからの乗員の脱出だけが、いまの自分の責任の範疇《はんちゅう》だ。

あえて責任というならば、日本軍の動向を見逃していた、太平洋艦隊司令部なり、ワシントンの海軍省の責任となるだろう。

シャーマン艦長は移乗した駆逐艦から、太平洋艦隊司令部に一連の報告を行おうとした。

平文ではなく、正式な暗号で通信を送った。それだけの余裕はあった。

彼は気がつかなかったが、それは一つのミスを含んでいた。

つまり、空母エンタープライズは平文で攻撃されたことを伝え、空母レキシントンは暗号で攻撃されたことを伝えた。

両者はまったく同じ文面ではなかったが、書式などには共通部分も少なくない。そもそも第一報に書くような内容は限られる。

じじつ日本海軍は、この通信から米太平洋艦隊の暗号のある部分を解読することに成功するのであった。

それが有効なのは短期間であったが、暗号解読への大きなヒントを与える結果となったのは確かだった。

9

二隻の空母が陸攻隊や潜水艦に沈められた二時間後、伊号第一七潜水艦の西野潜水艦長は、真珠湾方向の空におびただしい黒煙がのぼっているのを認めていた。

「奇襲は成功のようだな」

「わかりますか、潜艦長?」

「奇襲が失敗なら、あれだけの黒煙がのぼるほどの火災は生じない。奇襲に失敗し、返り討ちにあったなら、いまごろあっちの空が燃えているだろうさ」

西野潜水艦長はそう言いながら、真珠湾とは反対の空を指さす。

もっとも、彼もそこに空母部隊がいるのかどうかは知らない。友軍部隊の方角は当てずっぽうだが、なんにせよ、それらしい黒煙はあがっていない。つまり友軍は無事であり、作戦は成功だ。

「ということは、真珠湾から追い立てられた敵艦隊がそろそろ現れるということだ。各員、これからが正念場だぞ!」

西野潜水艦長は、おそらく主力艦を撃沈できるのではないかと考えていた。

基地施設は戦艦の砲撃で撃破し、艦艇は空母部隊が襲撃する。しかし西野潜水艦長は、航空機が戦艦を撃沈するという話には、いささか懐疑的だった。

理由は単純で、航空機の爆弾は一〇〇キロ、二〇〇キロ程度が中心だが、それでは巡洋艦の主砲弾程度の重さしかない。一番大きな八〇〇キロ爆弾で、やっと戦艦の主砲弾並みの重量だ。

巡洋艦の砲弾をいくら戦艦に浴びせても容易には沈まないわけで、それなら航空機による空襲も同じだ。

八〇〇キロ爆弾にしても、戦艦の主砲弾は弾着時でも秒速五〇〇メートル前後の速度がある。

対するに航空機から投下する爆弾では、せいぜい毎秒一〇〇とか二〇〇メートルだ。

運動量は速度に比例し、運動エネルギーは速度の二乗で利いてくるから、爆弾では砲弾に太刀打ちできないだろう。

だから、航空隊が撃沈できるのは巡洋艦以下の艦艇であり、戦艦は沈められないから、湾外に脱出するのは戦艦という結論になる。

「左舷前方に黒煙！」

見張員の報告に、西野潜水艦長は双眼鏡を向ける。それは象限で言えば、真珠湾方向と言えた。

しかし、真珠湾が燃えていることは明らかで、見張員が指摘しているのは、それとは別のなにものかだ。

相手は水平線の向こうで、本体は見えない。しかし、黒煙を出しているのは損傷しているためだろう。

損傷していても航行可能。それだけ大艦ということなら、それは戦艦の可能性が高い。

西野潜水艦長は躊躇《ためら》わず、その黒煙に向けて潜水艦を進めた。

ほどなく、その黒煙の正体がわかった。

「ネバダ級戦艦だ……被弾して小破しているようだな」

黒煙の理由は、爆弾を受けて火災を生じているためらしい。火災は鎮火し始めているが、すでに戦艦ネバダの存在を知った西野潜水艦長には関係ない。

戦艦ネバダはほかの戦艦とは異なり、僚艦と並ぶことなく単独で停泊していた。このことが戦艦ネバダの脱出に幸いした。

僚艦の状況にかかわらず脱出できた。それでも日本軍機の一部は、戦艦ネバダに攻撃を集中しようとした。

軍港への水道に戦艦を沈めれば、港を閉塞できるという考えからだが、それはすぐに中止させられた。

そもそも四隻の空母で、湾内のすべての艦艇を撃破などできない。自分たちの役割は湾内の敵艦を追いだし、待ち受ける潜水艦の縦深陣地で各個撃破するというものだからだ。

計算外は、航空機隊が予想以上に主力艦を撃破したことで、この攻撃で真珠湾から脱出できたのは二隻のみであったが、ネバダとともに脱出できた戦艦テネシーは真珠湾を出てから待ち伏せていた特殊潜航艇により雷撃され、撃沈する。

なんとか外洋に出られたのが、戦艦ネバダだったのである。

戦艦は護衛の駆逐艦を伴っていなかった。ただ高角砲や機銃は、すべて上を向いている。第二次なのか第三次なのか、航空隊の攻撃を警戒してのことだろう。

この混乱の中では、駆逐艦を伴うことなど思いもよらなかったのかもしれない。

西野潜水艦長にとって、これほど攻撃しやすい大物はなかった。自分の人生でも二度と起こらないだろう。

こういう場面を期待しての戦闘序列ではあった

が、それでもそれが実現するとなると興奮は抑えられない。

　火災のせいか、敵戦艦は伊号第一七潜水艦の存在に気がついていないらしい。潜水艦は潜望鏡深度に潜航し、水中を移動しつつ射点につく。

　六本の魚雷が放たれ、四本が命中した。西野潜水艦長は離れたところから浮上する。

　潜望鏡ではなく肉眼で目の当たりにする、沈み行く戦艦の姿は圧倒的だった。

「写真機を持ってこい！」

　乙型潜水艦は水偵を飛ばせるため、写真機が備品としてあった。潜水艦長は偵察員にその写真機で、沈み行く戦艦の写真を撮影させる。

「素晴らしい宣伝写真ですね、潜艦長」

　そう言う偵察員に西野潜水艦長は首を振る。

「これは宣伝じゃない。歴史を記録しているんだ！」

10

　柱島の戦艦長門の作戦室では歓声があがっていた。

　戦艦比叡・霧島による真珠湾基地の砲撃は、燃料タンクの完全破壊やドックの粉砕、さらに偶然命中した巡洋艦の轟沈《ごうちん》など大戦果をあげていた。

　しかし、それ以上に嬉しい誤算であったのは、空母航空隊による戦艦群に対する戦果である。

　日本海軍も含め、それまでの常識では航空機で戦艦は沈められないはずだった。

　もちろん、現場の将兵は沈められると信じ、撃沈すべく訓練を続けていた。ただ、艦隊司令部レベルでは撃沈可能という確証まであったわけではない。

さらに、図上演習では空母一隻から二隻は真珠湾攻撃で沈められるという判定が出ていたくらいで、戦艦二隻も空母四隻も無傷という事実は奇跡のようだった。

もちろん空母四隻分の戦力では、米太平洋艦隊すべての艦艇を撃沈できない。制空権確保にも航空兵力は必要なため、ある程度は真珠湾からの脱出を許す結果となった。

それでも戦艦六隻を撃沈か大破させ、二隻が損傷を負いながら脱出。また多くの巡洋艦・駆逐艦にも損傷を与えたという。

さらに続報として、真珠湾を脱出した戦艦二隻が撃沈されたとの報告が届く。

戦艦テネシーは特殊潜航艇により撃沈された。航空機で損傷を負っていたところに、特殊潜航艇の雷撃が致命傷となったらしい。

特殊潜航艇に関しては、一時は湾内に侵入して攻撃するという案もあった。しかし、もともと艦隊決戦を想定した兵器だけに、港湾内での活動には制約が多いことがわかった。

特に狭い水道を通過して湾内に侵入するのは潮流の影響を受けることや、泊地攻撃は完全に潜航する必要があるため、航行の困難さが指摘され、これは演習でも確認された。

なので当初の運用に戻り、ほかの潜水艦と同様に、脱出してきた敵艦艇を攻撃する戦術に落ち着いたのだ。戦艦テネシーの戦果は、その判断の正しさを示していた。

　さらに、伊号第一七潜水艦が戦艦ネバダを撃沈したことで、連合艦隊司令部の歓声は一段と高まった。敵の戦艦八隻が沈められたことになる。

「太平洋に米艦の姿なし、ですな」

　普段ならそんな軽口を叩く将校をたしなめる山本五十六連合艦隊司令長官でさえ、その日は上機嫌でその軽口を受け流した。

　しかし、戦争は予想以上に苛烈であった。

第4章　空母戦

1

着水した九五式水上偵察機に、特設輸送船はくさん丸からの搭載艇が接近する。

水偵は輸送船が楯になって穏やかになった水面へとゆっくりと移動する。

輸送船のクレーンのフックが降りてくると、水偵の後部席の航法員がつり下げ索を箱から取りだして設置し、それを注意深くクレーンのフックに取り付ける。

クレーンは板と材木で組み上げた間に合わせの飛行甲板の上に、慎重に水偵を降ろしていく。

フロートに損傷を与えないようにゴムタイヤが並べられ、ぶら下がる水偵を作業員が主翼などを押さえながら、位置を調整する。

それが終わっても、特設輸送船の搭載艇は海上に待機する。

着水時は着水方向を指示するのと、万が一の場合の救難のために待機していた。しかし、特設輸送船にはクレーンはあってもカタパルトなどなく、発進は再び海面に水偵を降ろすことになる。

だからそれに備えての待機だ。

その間、搭載艇は牽引索で特設輸送船に牽引される。船尾の後流に巻き込まれない程度に短く、舷側に衝突しない程度の長さでだ。

わざわざ水偵を引き上げるのは、簡単であっても整備が必要だからで、それを海上で着水したまま行うのは困難だ。

船上ならネジを落としたら拾えばすむが、海上では海底まで落下するだけだ。

搭乗員たちにとっては、短いが休息の時間だ。座った姿勢を強いられていた搭乗員たちは、軽く体操をして身体をほぐす。

陸攻や飛行艇くらい大きければ身体の自由もきくが、単発機では、それは望めない。

「これから、どうするんです？」

徴用船員が操縦員に熱いコーヒーを渡しながら尋ねる。操縦員は砂糖の入った、苦いというより甘いコーヒーに驚き、持ってきた船員に片手をあげて礼を示す。

「設営班が急造した水上機基地がある。次の任務を終えたら、そちらに帰還する」

「基地があるんですか！」

「プレハブ小屋だがな。どうせ仮設だ。作戦が終わったら解体して移動らしい」

特設輸送船はくさん丸には、本来の任務とは別の任務が急に降りてきた。ニューギニアのオーストラリア軍基地を奇襲する水偵に対して、回収と整備、燃料と爆弾の補給を言ってきたのだ。

補給物資に燃料と爆弾があり、クレーンを搭載していることと、負傷者の代替になる補充要員と整備兵が数人いる。

このことに気がついた誰かが、はくさん丸にこうした任務を命じたらしい。

現場にとっては迷惑な話である。別段自分たちは遊んでいるわけではない。はたからはそう見えたとしても。

ともかく水偵を整備し、補給するといっても、水偵の運用設備はない。だから整備員に尋ねて、なんとか収容甲板を作り上げたのだ。

「そういえば伝馬船《てんません》まで出してたが、よくそこまで手がまわったたな。こっちは無線封鎖して、連絡もできなかったってのに。目がいい見張りでもいるのか?」

「いや、新兵器のおかげですよ。知りませんか、あれ、電波探信儀」

2

昭和一七年一月。吉成造兵少佐は、ニューブリテン島方面に徴傭された特設輸送船はくさん丸にいた。

海軍の助成金で作られたような優秀商船ではなく、排水量三〇〇〇トンほどの普通の貨物船だ。

それが海軍に徴傭され、特設輸送船となったのは、比較的最近のことだった。

理由は、海軍技術研究所視点では政治的なものだ。真珠湾奇襲の成功の一方で、アメリカでは「レーダーさえ使っていれば負けなかった」という宣伝が盛んに行われているという。

いわく「真珠湾の陸軍レーダーが機能していれ

ば、奇襲を免れた」

いわく「空母エンタープライズがレーダーを作動させてさえいれば、奇襲を受けなかった」

いわく「空母レキシントンもレーダーさえ作動させていれば、浮上中の潜水艦を発見できた」

いわく「戦艦ネバダもレーダーを作動させていれば、日本戦艦を討ち取れた」

宣伝であるから、どこまで信用できるかという問題はある。しかし、日本海軍もこれだけ「レーダー」と連呼されれば、それが重要な装置であることは予想がつく。

だが同時に、日本海軍には肝心の「レーダー」の意味がわからない。電波を使う装置だというのが予想できるくらいだ。

そこで技研に問い合わせると、技研でも同様の装置を研究しているが予算もなく、ニッケルなどの資材の割り当てもなく、研究が進まないと窮状が述べられる。

技研だけなら、いかに泣き言を並べても海軍首脳は見向きもしなかっただろう。しかし、アメリカが「重要な装置」と連呼していたため、手のひらを返したように予算がつき、資材が割り当てられた。

どうせ真空管の電極程度ならニッケルの割り当ても、火砲に使う量と比べればわずかという事実もある。

このような状況の変化で技研には風が吹いてきたように思われたが、じっさいはそれほど単純な話ではなかった。

先端技術開発に疎《うと》い海軍首脳には、選択と集中で「金を出したのだから、成果はすぐあがるはずだ」という認識しかない。

技研としては、技術開発における認識のゆがみを海軍首脳に説けるわけがない。それよりも予算と機材が保証されている間に、開発を進めるべきという話になってしまう。

結果的に、吉成造兵少佐のような中堅クラスで若手というポジションの人間に、すべての苦労が丸投げされる。

貨物船はくさん丸に実験機材を満載し、海軍部隊と行動を共にして実用性の高い機材を組み上げる。その装置の図面と運用方法を教範として、とりあえずの実用兵器を量産し、当面の時間稼ぎを行う。

泥縄もいいところだが、吉成造兵少佐としても業腹《ごうはら》に感じる一方で、仕方がないという諦めもある。

技術の専門家として、彼はバトル・オブ・ブリテンのことも知っている。電波探信儀がイギリスの空を守ったあの戦いのことを。

それがいま、太平洋の戦場にも起ころうとしている。電波探信儀の技術で遅れをとることは将兵の命に関わる。

海軍首脳は、電波探信儀の技術があれば勝てるというような認識らしい。しかし、現実はもっと過酷だ。電波探信儀の技術があれば勝てるのではない。負けないためには電波探信儀の技術が不可欠なのだ。

だからこそ、彼はあえて自ら重責を買って出た。買わざるを得なかった。

ただそれでも、やはり短期間での実用兵器開発は、過酷さを現場に要求する。それがこの特設輸送船はくさん丸だった。

普通こういうものは、実験室で実験してから艦艇に搭載して不都合部分を確認する。しかし、吉成造兵少佐らは、実験室でかろうじて組み上げたものを実験室ごと貨物船に持ち込み、なおかつ戦場にそのまま赴き、実験試験を行うのだ。

さすがに単独ではなく、空母部隊と行動を共にするのだが、通常はともかく、相手が巡航速度より上げたら、もう貨物船はついていけない。

邂逅《かいこう》予定地点を教えてもらうのが関の山だ。だから空母部隊が常に守ってくれるわけではない。駆逐艦が一隻残ってくれるだけだ。

今回の任務が色々と面倒くさい理由の一つは、特設輸送船の船長にも吉成造兵少佐にも、今回のR作戦なる作戦がいかなるものかなんの説明もないことだ。

「Rというからロシアではないか?」という会話さえあったほどだ。

船長が知っているのはニューブリテン島方面の航路だが、まさに方面以上の細目は作戦の必要に応じて指示するという。

それでも船長はどこに向かっているか、それなりの会議で説明されるだけましだった。

吉成造兵少佐は一切の会議に呼ばれていない。戦闘序列としては五航戦の空母瑞鶴・翔鶴の傘下にあり、同隊に所属する駆逐艦秋雲に電波探信儀の報告などをすることになっていた。

序列として駆逐艦の下に置かれ、電波探信儀が敵部隊を発見しても、空母に直接それを報告することはできず、秋雲を仲介する必要があった。

どうも、はくさん丸が本隊と離れ離れになった場合には、秋雲が警護するらしい。そのために二隻だった戦隊の駆逐艦が三隻になったという。

さすがに、この程度には海軍首脳も優遇してはくれるのだ。しかし、装置を駆逐艦に載せるところまではしてくれない。

そして、はくさん丸の電探の実験は順調ではあったが、敵影は捉えていなかった。空母部隊の奇襲が成功しているからだろうが、おかげで、はたからは何もしていないように見えているらしい。

そのためかときどき、こうして駆逐艦秋雲と共に完全に空母部隊から切り離されて、支援作戦への協力を命じられる。


この九五式水偵も、ニューギニアのオーストラリア軍基地——すでに第一航空艦隊が空襲を実行し、施設は大破しているが——の戦果確認と復旧妨害のためゲリラ的な攻撃を行っていた。

そして、航続力ぎりぎりで攻撃を仕掛けているので、はくさん丸から燃料と爆弾を調達すれば往復で爆撃ができる。そういう理屈である。


「無事に離水し、敵拠点に向かっているようです」

海軍技師の報告に吉成造兵少佐は安堵する。

上から実用兵器を完成させろと命じられたが、そんなことは一朝一夕にはできないのだ。

しかし、できませんでは通じない。それが軍隊だ。だから彼は日本を出る時に複数の回路図を用意し、対応する部品も余分に積み込んだ。効用不明の材料もだ。

そうして航行中に回路を組み立てて試験を行う。空母瑞鶴や翔鶴に電波を当てて反射波を観測する。そんなレベルから始めねばならなかった。

ただ吉成造兵少佐も、何をなすべきかの方針は立てていた。

現時点でアメリカやイギリスよりも遅れをとってはいるものの、電波探信儀の研究そのものは、日本でも欧米とほぼ同時期に始まったためだ。

原理も必要なものもわかっている。あとはそれを開発すればいい。

それに欧州大戦前までは、テレビ技術やマイクロ波技術の情報は論文として入手可能だった。だから技術進歩の方向性は、吉成には見えていた。

すべてを丸投げされて最前線に送られたようなものだが、吉成造兵少佐にとって必ずしも悪いことばかりでもない。

というのは、技研にも定説的なものがあるが、必ずしも明確な理論で裏打ちされているわけではない。「昔はこう言われていた」レベルの伝承的なものもある。

電波探信儀の開発でも、同様の「魔物」はどこかにひそんでいないとも限らない。平時の会議でそうした魔物退治は、ままならない。特に吉成造兵少佐レベルの人間が話しても、長老格には通じない。

しかし、実戦で結果さえ出してしまえば、魔物はすぐに退治できよう。実戦の二文字は魔物より強いのだ。

そしてじっさい、彼は技研では否定されてきたいくつもの技術に目鼻をつけることに成功していた。

「やはり鉱石検波器は正解でしたね」

共に開発に携わってきた大野海軍技師が言う。

「超再生式ではなく、スーパーヘテロダイン方式でなければ駄目ですね」

「それが証明できただけでも、前線に出てきたかいはあったな」

電波探信儀の極超短波受信機について、日本海軍技術研究所では長らく超再生方式を実験機などで利用していた。

感度のことをいえば、スーパーヘテロダイン方式が優れているのは明らかだ。しかし、極超短波を扱う検波器などの開発が困難であった。

そこで次善の策として超再生方式を利用していた。ただし、比較的簡単な回路で極超短波受信機を製作できるものの、性能が安定しないという問題があった。

それは兵器として致命的とも言える問題だ。しかも、英米はすでに電波探信儀を実用化している。だから解決策はあるはずだ。

そして吉成造兵少佐は、あるドイツの論文から鉱石検波器の可能性を知った。知ったのは割と前であったが、技研では「前例がない」などと、実験さえしていないのに否定的意見が続出した。

だが、いま彼らは鉱石検波器を用い、スーパーヘテロダイン受信機を完成させたことで、少なくとも受信機の信頼性は飛躍的に向上した。

おそらく実戦で自由にできる立場でなければ、電探開発は一年二年は遅れただろう。

はくさん丸の電波探信儀は、八木アンテナをいくつも並べた焼き網のようなものを旋回させていた。

とりあえず感度と分解能のために大きなものを作ったが、艦艇搭載ならもっと小型化する必要があるだろう。

そうした実装面での試行錯誤も吉成造兵少佐は行わねばならない。ある意味、今次作戦の重要部分を担う必要がないだけ、ありがたい気もした。

そうした責任を負えるほどの完成度には、まだないからだ。

九五式水偵の追跡に成功した試作電波探信儀であったが、故障も起こる。試作品であることと、吉成造兵少佐としては「武人の蛮用」も意図して、多少いじめた使い方もするからだ。

これには予備部品を多数搭載していることも大きかった。かつかつの部品なら大胆な実験はできないだろう。

水偵の追跡に成功してほどなく、送信機のマグネトロンが焼き切れた。

「マグネトロンの問題か？」

吉成造兵少佐は、担当技師が送信機の箱を開いているところをのぞき込む。送信機・受信機・表示器・空中線それぞれに担当者の海軍技師がいる。技術士官を配したいところだが、電波探信儀の開発ができるようなものは少ない。そもそも技研でも電子系は人が多いとは言えないのである。

「いえ、班長、ちょっと予想外でしたね。冷却用のポンプです」

「ポンプの不調？」

電波探信儀用の高出力マグネトロンは、日本がレーダー関連で諸外国に対して持つ数少ない技術的優位であった。

電波出力が大きければ、探知距離や分解能の面で有利になる。

ただし、大出力マグネトロンが大電力を消費するということは大量の熱を発する。その熱を冷却するための装置が、この送信用マグネトロンには必要だった。

「故障自体は、モーターの問題のようです。モーター自体も連続稼働でコイルが焼き切れたようです」

「冷却装置が焼き切れるとは洒落にもならんな」

ただ、電子回路的な欠陥ではないことは朗報だった。担当技師もモーターに放熱板を設置し、空気の流れのよい場所に配置を換えれば対応可能という意見であった。

それは、はくさん丸の工作室で簡単に用意できる作業であった。数時間で対応可能だろうというのが彼の見積もりだ。

しかし、この送信管の故障がR作戦の流れを変えることになるとは、吉成造兵少佐も予想さえしなかった。

「班長、来てください」

送信機の修理をしている時も受信機は動いていた。なにしろ受信機の安定性確立が重要な課題であるため、連続運用が可能かどうかは重要だ。

「受信機に反応があります」

「受信機に反応だと!?　送信機は……」

「動いていませんが、反応はこの通りです」

それは表示器の故障などではなかった。オシロスコープの上では棘波《きょくは》、つまりパルス電波が規則的に流れている。

感度はそれほど強くない。しかし、棘波であるのは間違いない。この受信機ではよほど近距離でない限り、極超短波しか受信できない。

そして、日本海軍で電波探信儀を搭載している船は、このはくさん丸しかない。つまり、この電波はアメリカ海軍艦艇の電波探信儀の電波ということになる。

「空中線を旋回してみてくれ！」

なんらかの回路的な故障なら、アンテナをどこに向けようが、棘波を表示し続けるはずだ。

だが、アンテナの向きを変えると棘波は消える。特定の方向でだけ棘波がわかる。

「班長、これを使えば、敵海軍の電探の方角がわかりませんか？　二隻の船で計測すれば、電波傍受だけで敵艦の位置がわかる！」

受信機の担当技師は興奮気味に語る。それは吉成造兵少佐にも興味深い話であった。技術士官としてなら一晩でも語りたいほどだ。

しかし、彼は班長という立場である。そして彼は、この棘波の意味を技師とは違った視点で理解していた。

「それは面白いが、それより我々の近くに敵艦がいるぞ！」

3

「電波探信儀が敵艦らしい反応を察知したの

か？」

第五航空戦隊の原司令官は、駆逐艦秋雲からの報告を当惑気味に受け取っていた。

確かに、はくさん丸は戦闘序列としては第五航空戦隊に含まれている。

しかし原司令官としては、はくさん丸の実験内容や電波探信儀について知識らしい知識はない。漠然と電波で敵の存在を知る装置とは聞いていたが、それが彼の電波探信儀に関する知識のすべてといっても過言ではない。

そのはくさん丸からの報告は、同船から直接ではなく駆逐艦を経由するように命じていた。徴傭船舶から軍艦に直接というのは、暗号の管理など色々と面倒なのだ。

駆逐艦となら信号灯なりなんなり方法はある。そのほうが通信系統がすっきりする。

作戦前はそう思っていたが、いざ電波探信儀から「敵艦らしい反応」という曖昧《あいまい》な報告を受けてしまうと、判断が難しい。

とはいえ、細かい話を聞くには、やはり駆逐艦秋雲を経由するしかない。いまさら通信手順は変えられない。そういう風に定めたのは自分であり、責めるなら自分ということになる。腹立たしいが。

「距離はわからないのだな」

「方位のみです。また軍艦の艦種は不明ながら、電探を搭載できるからには重巡以上の軍艦であろうとのことです」

「重巡以上の軍艦か」

真珠湾奇襲以降、米太平洋艦隊の戦艦はほぼ全滅した。大西洋艦隊から移動したものがあるらしいが、一隻、二隻の話だろう。

となると、大型軍艦は重巡洋艦か空母しかない。

緒戦で二隻を沈めたとはいえ、まだ米太平洋艦隊には、空母ホーネットやサラトガ、ヨークタウンがある。

敵が自分たちのR作戦に関して、どう出るか。

問題はそこだ。

ニューギニアやラバウルを空母に激しく叩かれている現状で、敵も空母を出すか？

日本が空母を出しているから空母を出すこともあり得るし、日本空母の前に虎の子の空母は出さないこともあり得る。

「索敵機を出すか……」

それしかない。ただ、問題はいささか厄介だ。

いま特設輸送船はくさん丸は、駆逐艦秋雲と共に本隊からは別行動をとっているに等しい。

両者の現在位置は明らかで、はくさん丸から見て、どの方向に敵艦がいるかはわかる。

しかし、空母瑞鶴・翔鶴から見てどこにいるのか？　それがわからない。

はくさん丸からは、正確な距離は不明ながら一〇〇キロから二〇〇キロの間という推定が出されていたが、それだって一〇〇キロの幅がある。

「瑞鶴から三機、翔鶴から三機、計六機で索敵にあたれ」

4

「この領域に一航戦がいるわけか」

この時、ハルゼー中将は将旗を空母ホーネットに掲げ、空母二隻の部隊を指揮していた。

目的は日本空母の撃破にある。ニューギニア防衛と威勢のいいことを言いたいが、現状ではそこまでは口にできない。

現在の日米の戦力差はいかんともしがたい。最終的に奪還するにせよ、一時的に日本軍の占領下に置かれることは、残念だが看過せねばなるまい。

むしろいまは敵戦力の減殺にこそ注力すべきとハルゼー中将は考えていた。

日米の国力の差を考えるなら、日本軍が空母一隻を失うのは、アメリカが三、四隻失うにも等しいダメージになるだろう。

そしていま、ニューギニア・ニューブリテン島方面の日本海軍空母部隊は四隻。自分が抱えているのは二隻。これで真正面からぶつかるのは自殺行為だ。

しかしハルゼー中将は、航空戦隊の中で、まだ新しい五航戦だけが一航戦や二航戦と協同で作戦をしていないことに気がついていた。

じっさいこの作戦でも、真珠湾の時の一航戦・二航戦のように四隻が一つになっているのではなく、二つの航空戦隊は協同しつつも必ずしも同じ位置にはいないらしい。

だから、ハルゼー中将は二つの航空戦隊が別行動をとると予想し、その場面を待っていた。

五航戦と一航戦が別々に行動し、相互支援が難しい局面が生じたら片方を奇襲する。そうして日本海軍の空母戦力を半減させる。

むろん、すべてがこちらの思惑通りに進むという保証はない。奇襲による各個撃破といっても、空母戦力は互角だ。相応のリスクは覚悟する必要があるだろう。

言い換えるなら、リスクを覚悟しない限り、日本軍有利の状況を変えることはかなわないのだ。

そうして勝機を待つこと五日。

日本軍がニューギニアを傍若無人に爆撃するのを座して待つなか、ついに一航戦と五航戦が大きく分離する局面が現れた。

ニューギニア島のオーストラリア軍の拠点を南北に分かれて、同時に攻撃するというものらしい。

五航戦は南下し、一航戦は北上してニューアイルランド島のカビエンかどこかを攻撃する動きを示している。

そしてハルゼー中将の部隊は、一航戦に接近していた。ニューギニア島とニューブリテン島に残置する部隊が同時に敵部隊の電波を傍受し、一航戦の位置を割り出していた。

電波傍受での位置の特定は精度に限界はあったが、そこは航空隊で見つけだそう。なにより奇襲こそが重要だ。

「レーダーは作動させますか」

兵器担当の将校が確認する。いま現在はレーダーを作動させているが、それを継続するかという意味だ。

「周囲に敵影はないな」

「ありません」

「五航戦は離れているな」

「敵信班によると、南下を続けているようです」

ハルゼー中将は不機嫌そうに思案する。

レーダー波で敵に自分たちの存在を知られる可

能性は確かにある。いまは電波封鎖すべきというのは理解できる話だ。戦術的なことを言えば、ありだろう。

しかし、戦術的な観点だけでは決められない事情がある。空母レキシントンと空母エンタープライズ、いずれもレーダーを使用しなかったために撃沈された。

その解釈が妥当かどうかには議論の余地があるとしても、海軍の公式見解はそうである。

だとすると、ここで空母ホーネットなりサラトガなりのレーダーを止めるというのは、政治的に難しく、また危険でもある。

そうでなくてもリスクを覚悟しなければならない作戦だ。レーダーを止めて奇襲が成功しても、反撃を受けて空母が大破するようなことがあればどうなるか？

空母レキシントンやエンタープライズは開戦前の奇襲であり、悪いのは日本軍という前提での「レーダーを作動させなかった」が問題になった。

しかし開戦後のいま、ここでレーダーを作動させずに反撃を受けて空母を損傷するとしたら、それは職務怠慢となってしまう。

海軍当局の責任回避のため、すべてをレーダーのせいにしたツケが、ここにきてハルゼーの選択肢をせばめているようなものだ。

「レーダーは稼働する。敵襲に備えねばならん。リスクの高い作戦だからな」

そうしている間にも出撃準備は整っていく。ともかく敵空母にダメージを与えねばならない。

ホーネットとサラトガからは、それぞれ三〇機ずつの計六〇機が出撃した。

「大丈夫なのか……」

出撃を見送っていたハルゼー中将は、うめき声にも似た感想を漏らす。

どうにも部隊編成がお粗末に見える。もっとも、十分な訓練を行う余裕がない点で、彼らばかりを責めるわけにもいかない。

責任ということを言えば、中将職の自分たち、海軍組織で権限を持つものにこそ、錬成が不十分であることの責任がある。

それよりもハルゼー中将は思う。自分たちは彼らに命令する権限があるのだから、練度を高めるための施策をする義務があった。

その義務を果たさず、練度が低いまま出撃し、もしも戦死したならば、その責任は自分たちにあるのだと。

5

「あれか？」

六機の索敵機は分散して飛行していたが、空母瑞鶴からの指示で一箇所に集合しようとしていた。

どうやら、はくさん丸が移動しながら、どうやってか敵空母の方位を計測し続け、それで位置を絞り込んだらしい。

索敵機はいずれも爆装していたため、第一弾として敵襲を行う。六機の艦攻があれば、爆弾の一発や二発は命中するはずだ。

それは、はくさん丸からの報告を秋雲経由で受けた瑞鶴の原司令官の采配だった。

冷静に考えれば、敵空母の電波で敵を発見したのであるから、索敵機も敵の電探で発見される。

だが、電波探信儀についてさほどの知識がない原司令官は、「敵電波を傍受する装置」という認識を持ってしまったのだ。

したがって本来であれば、六機の艦攻は迎撃機により撃退されるはずだった。しかし、この日の原司令官は幸運に恵まれていた。

六機の索敵機が集結し、空母部隊に接近していたのは、敵の第一次攻撃隊が出撃したばかりの時だった。

レーダーは作動していたが、友軍機と日本軍機の識別がつけられる状況ではなかった。

離れて行く飛行機と接近する飛行機なら識別可能と思われそうだが、そう単純な状況でもなかった。

米空母二隻の航空隊は、発艦機を集結させるために空母の周囲を大きく旋回していたのだ。

そんななかに六機の飛行機が編隊を組んで接近してくるのだから、敵機と判断するのは難しい。

むしろ単独で接近して来たほうが、レーダーでは目立っていただろう。

しかも、ハルゼー中将が嘆くような編隊の組み方であったため、本隊が出撃したあとで、この六機が接近を続けてもあまり目立たなかった。

そして、それが日本軍機とわかった時には、すでに手遅れであった。

索敵機隊は指揮官が決まっていなかったが、便宜的に瑞鶴側の最先任者とされた。それらは身振り手振りと黒板のやりとりで決まった。

翔鶴側が瑞鶴側に委ね、誰が乗っているかわかっている瑞鶴側で先任者が指揮をとる。

指揮をとったのは准士官の兵曹長であった。

彼は敵艦隊が空母二隻であることを目視していたが、六機を二つに分けることはしなかった。

命中率を考えるなら、六機を集中して一隻に絞るべき。三機それぞれが敵空母を爆撃し、発艦能力を失わせるのが理想だが、そんな都合がいいことはまず起こらない。

こうして彼らは空母サラトガに攻撃を集中した。

兵曹長が大胆なのは、あたかも機体の故障か何かのような顔をして、空母サラトガに着艦するような姿勢を見せたことだ。

飛行甲板の将兵は、これにまんまと騙《だま》された。

反撃するものもなく、むしろ空母へ誘導してくれるただなかに、二五〇キロ爆弾を投下した。

爆弾は見事に命中し、第二次攻撃隊を編成している飛行機の群れをなぎ倒す。ただ結果を言えば、残り五機は爆撃の衝撃で、爆弾投下のタイミングをずらしてしまい、すべて海中に落下した。

6

「レーダーは何をやっておるのか！」

ハルゼー中将は、ほかに言うべき言葉を持たなかった。

目の前で六機の敵機が空母サラトガを襲撃し、飛行甲板は火の海になっている。原因やなにやかやは後で調べるとして、いまなすべきことは、今後の対応だ。

　空母サラトガは空母として使えない。だから第一次攻撃隊は、ホーネットが収容しなければならない。

　さらに現下の状況では第二次攻撃隊は出せない。それどころか、敵の第二波が攻撃を仕掛けてくるのは明らかで、それに備えねばならない。

「稼働可能な戦闘機を警戒に出し、レーダーにより敵襲に備える。空母サラトガは、すぐに退避せよ」

　第一次攻撃隊が一航戦にどれだけのダメージを与えられるかはわからないが、撃沈を出さない限り、戦果は五分五分か。

　それどころか、いまの自分たちは生き残りを考えねばならぬ。

7

　一航戦はこの時、電波探信儀も何もなく、敵機の接近を知るのは目視だけという状況だった。

　直援機は飛んでいたが、その数は空母二隻に対して四機。

　連日の戦闘で日本海軍航空隊は勝者ではあったが、航空戦力は確実に減少していた。そのため攻撃戦力を捻出するには、直衛機などで帳尻を合わせていたのであった。

「前方より黒点多数！　敵機と思われる！」

　それを最初に発見したのは、空母加賀でも赤城でもなく、行動を共にしていた戦艦比叡であった。

　位置が高いほうが敵機を発見しやすい。それゆえに戦艦が敵を最初に発見することとなった。

一航艦はこの時、ニューギニアのオーストラリア軍基地を空爆するために、第一次攻撃隊が帰還の途に向かい、第二次攻撃隊を送り出したばかりであった。

そのため直衛機の交代要員を含め、戦闘機の数は飛行中の四機を含めても総計六機しかなかった。

対する米海軍航空隊は、二機の空母からの総勢六〇機あまりの戦爆連合であった。

しかし、この六〇機は整然とした攻撃隊の体《たい》をなしていなかった。

戦闘機隊はまだしも、攻撃機は、空母ホーネットの爆撃隊、雷撃隊、空母サラトガの爆撃隊、攻撃隊という四個の塊で接近していた。

だから戦爆連合の指揮官はいても、航空集団の統一指揮はほぼ不可能であった。そもそも航空機の集団は航法の不手際から遅れるものが出るなど、各個撃破されかねない状況にあった。

それでも彼らにとって幸いだったのは、迎撃戦闘機が六機しかいないという事実であった。

通常なら、これは攻撃側に圧倒的に有利な状況である。奇襲が成立し、迎撃機はないという状況だ。ハルゼー中将も奇襲は期待したが、ここまでのタイミングは読み切れていなかった。

しかし、攻撃隊はそのチャンスを活かしきれなかった。

雷撃機隊が最初に攻撃を仕掛けたが、標的は空母二隻に戦艦一隻。統一指揮がとられていないため、雷撃機隊は個々の判断で攻撃を仕掛けたが、結果として戦力の分散につながった。

戦艦比叡に接近した雷撃隊は、高角砲や機銃の反撃により遠距離雷撃を行い、魚雷はすべて外れてしまった。

空母二隻を狙った雷撃隊も、急降下してきた零戦隊により撃墜されるか、雷撃を失敗してしまう。

雷撃はこのように失敗したが、急降下爆撃への対処は簡単にいかなかった。

戦闘機は六機しかなく、それらが真っ先に攻撃を仕掛けた雷撃機に向かっている間に、急降下爆撃隊は迫っていた。

ただし、二つの空母の急降下爆撃隊は同時にその現場に到着していないため、攻撃は個別になった。

そして、ここでも攻撃機は戦艦への攻撃も試み、戦力を分散してしまう。

最初に攻撃を仕掛けてきたサラトガの急降下爆撃隊は果敢に突入を試みたものの、技量は不十分であったため、すべての爆弾が空振りで終わった。ただ空母加賀と赤城、さらに戦艦比叡は艦長らの操舵で敵の空襲を逃れた結果、最大で相互に八キロほど離れてしまっていた。

そのため次に現れたホーネットの爆撃隊では、一部の急降下爆撃機は空母加賀を狙おうとするも零戦隊につかまり、撃退されてしまう。

また比叡を襲撃しようとした艦爆隊は、戦艦の対空火器の猛攻を受けて撃墜機が出たほか、技量の問題から、やはり空振りに終わる。

不運なのは空母赤城だった。赤城も操舵を繰り返すなどして被弾を回避していた。しかし、ついに一機のＳＢＤ急降下爆撃機が爆弾を投下し、飛行甲板に命中する。

幸いだったのは飛行機が出払っており、飛行甲板の上には何もなかったことだろう。

爆弾は飛行甲板を貫通し、格納庫内で爆発したが、ほかに燃焼するものもなく、火災は起きたがなんとか鎮火に成功した。

こうして空母ホーネットとサラトガによる攻撃隊は帰還した。空母部隊はなんとか危機を乗り切ったかに見えた。

しかし、本当の困難はここからだった。第一次攻撃隊が帰還しても、空母赤城はかろうじて着艦ができるだけだった。爆弾の命中箇所が飛行甲板でも艦首側であったためだ。

艦尾部は着艦可能であり、第一次攻撃隊はそこに収容できた。

問題は第二次攻撃隊である。格納庫内はやっと火災が鎮火したばかりで使える状況になく、なおかつエレベーターも使えなくなっていた。

爆弾の穴を板でふさぐ応急処置は行われたが、発艦できる状況にはない。そのため、艦尾の飛行機を人力で移動して着艦スペースを確保するなど、すべてが人海戦術で行われた。

第二次攻撃隊に関しては、無傷である空母加賀にも一部を収容することで対処された。

しかしながら、空母赤城の損傷は現場で修理できるものではなく、日本に戻る必要があった。

こうして損傷艦の空母赤城だけでなく、無傷の空母加賀もまた日本へと戻ることになったのである。

一航艦の南雲司令長官としては、敵襲があるかもしれないなかで、加賀に赤城を守らせるという意味があった。

こうした事情を南雲司令長官は、五航戦にも連絡した。

ここで日本海軍の一つの問題点が露呈する。それは、迅速確実な通信が常に確保されるとは限らないという問題である。

一つには五航戦が敵空母部隊を発見し、それを攻撃したとの情報が入ったのが、まさに一航戦が敵襲を受けている頃だったというタイミングの悪さがあった。

ただこれも、迅速な通信が行われていれば回避できた問題だった。

そうならなかったのは、作戦が第四艦隊と第一航空艦隊の合同で、連合艦隊司令部も関与するという複雑な構造であったことにある。

空母から空母へ通信を送れば話は早いが、「話が通っていない！」とクレームを入れてくる部局があるため、通信系統は組織相応に複雑になりがちで、当然時間もかかる。

基本的に日本海軍の通信系統は、上下方向の伝達だけを考え、横方向の情報共有を行うという視点に欠けていた。

一回きりの艦隊決戦なら、それで不都合もなかろうが、航空戦のような複雑な作戦となると縦中心の通信系統は隘路《あいろ》を生みがちだった。

もう一つは、旗艦赤城が攻撃を受けたという情報だけが、五航戦にすぐ届いたことだ。

上意下達であるから、一航艦旗艦から傘下への通信は比較的迅速であった。

しかし、このことは五航戦の原司令官の采配に大きく影響した。索敵機が敵空母を攻撃し、命中弾を出したタイミングで、空母赤城の被弾と一航戦の撤退を知らされたのだ。

つまり、南雲司令長官は五航戦が敵空母を攻撃した事実を知らず、原司令官だけが一航戦と五航戦の情報を知っていたことになる。

原司令官は、敵空母部隊に対する本格的な戦爆連合の派遣を考え、準備を整えていた。

しかしこの状況では、敵は第二次攻撃隊を自分たちに向けてくる可能性があった。

そして、空母加賀の状況には何も触れていないのであるが、一航戦が空母二隻とも撤退するからには、両方被弾の可能性が高い。

敵空母へ爆弾を命中させたという報告を受けているとはいえ、実際に敵の空母が受けた損害状況は未知数だ。

さらに彼を混乱させる情報が、駆逐艦秋雲からもたらされる。

「敵部隊は電探を停止したもよう」

電探の電波を傍受して敵空母部隊を発見したことを、敵は察知したらしい。

原司令官はすぐに秋雲に対して、はくさん丸へ電探を修理しても電波は出さないようにとの命令を下す。

現時点でこちら側から電波は出ていない。だから敵部隊はこちらの位置を知らない。

あるいは、索敵機の攻撃も一航戦によるものと判断しているかもしれない。その意味では奇襲を仕掛けられるチャンスである。

しかし、敵も日本海軍が空母四隻を展開していることはわかっているはずだ。

そして、一航戦と五航戦の距離が開いたタイミングで一航戦にのみ攻撃を仕掛けてきたというのは、少なくとも一航戦の位置を敵は把握していることを示している。

問題は、ならば敵は五航戦の位置も把握しているのかに尽きる。

原司令官は、敵は自分たちの位置を把握していると予想していた。

なぜなら、二つの航空戦隊が分離するタイミングで各個撃破を狙うなら、一航戦だけでなく五航戦の位置も把握する必要があるからだ。

離れているといっても、相互支援が可能な距離で攻撃すれば返り討ちにあう。じっさいはハルゼー中将は、そうした一航戦と五航戦の相互距離についてて、攻撃されているニューギニアの基地情報などから推測していた。

つまり、日本空母部隊に関するすべての情報を総合的に分析した結果である。

正確な位置の特定は不可能でも、二つの航空戦隊が反対方向に向かっていることさえわかれば、攻撃すべきタイミングは絞られるのだ。

ただ原司令官はそうは考えず、敵はなんらかの方法で自分たちの位置を把握していると解釈していた。

それに原司令官の視点で見ると、敵部隊はこれでも投機的な位置関係にある。つまり、敵は一航戦を攻撃可能で五航戦から攻撃されるという、相互距離はほぼ等しい。

おおむね「く」の字型に配置し、中央に敵部隊がいた。自分たちの位置が露呈していないという前提でこそ、この奇襲による各個撃破は成立し得る。

もし敵がこちらの位置を把握しているなら、こちらも敵の位置を把握しているから条件は同じだ。

もっとも、敵はこちらの索敵機による奇襲を許したから、五航戦の位置は比較的曖昧で、一航戦の位置だけを正確に把握していたのかもしれない。

普通なら、躊躇せず攻撃隊を出す状況だ。しかし、一航戦の空母二隻を退かせた相手に、五航戦の空母二隻をあてるのが適切かどうか。

結局のところ、原司令官の迷いはそこにある。

自分たちまで一航戦と同じ轍を踏めば、一時的でもこの海域から空母四隻が退場ということになる。これはR作戦を進める上で、大変な問題となるだろう。

一つ策がないでもない。はくさん丸に電探を使用させ、敵空母部隊がはくさん丸を攻撃している間に、敵空母を襲撃するという作戦だ。

しかし、原司令官はさすがにこの作戦を実行に移す気にはなれなかった。商船を囮《おとり》にするというのは海軍軍人の倫理にもとる行為だろう。

それに、電波探信儀がこの作戦でも重要な可能性を持つことが明らかになったいま、はくさん丸を危険にさらすわけにはいかない。

逡巡の末、原司令官は防御を選択した。

しかし、ここで予想外のことが起きる。混乱して埋もれていた五航戦からの報告が、やっと南雲司令長官のもとに届いたのである。

「五航戦はすぐに敵空母撃滅にあたれ」

位置がわかっている敵空母二隻を攻撃しろというのである。

原司令官はここにきて、どうも自分たちの通信連絡は円滑にいっていないのではないかという疑念をいだいた。

数時間前ならともかく、いま出撃してどうなるというのか？　しかもどうやら被弾したのは赤城だけで、加賀は無傷であるらしい。

そうなると、原司令官の南雲司令長官に対する信頼は大きく揺らいだ。

空母が二対二という状況ゆえに、あえてR作戦の進行も考え、安全策で防戦を選んだのではないか。

しかし、空母加賀が加わって空母三対二となれば、話はまったく違ってくる。三対二なら敵空母部隊を全滅できるではないか。

南雲司令長官からは「戦機を失っては云々」という督戦の命令が、さらに届いた。原司令長官はさすがにそれには憤《いきどお》った。

戦機もなにも、それをみすみす逃したのは、無傷な空母加賀を伴い後方に下がった南雲司令長官ではないか。

「二〇機ほどの戦爆連合を編成せよ。半数は戦闘機で残りは艦爆だ。魚雷を浪費する必要はない」

原司令官によるその二〇機の戦爆連合は、敵を攻撃するというより、南雲の命令を守ったというアリバイのようなものだった。

それでも何か敵がいるかもしれないから、そこそこの攻撃力は持たせるものの、それ以上は期待しない。

すでに敵襲もなく数時間が過ぎている。空母戦はもう終わりだろうと、原司令官は考えていた。

「南雲さんも老いたということか」

原司令官がまだ若い頃、南雲忠一といえば、海軍でもカミソリの異名を持つ切れ者だった。

あるいはあの人は、艦長、大佐としてこそ有能であり、司令長官には向かない人なのかもしれない。そんなことさえ原司令官は思う。

同時にこうも考える。自分はどうなのかと？

ともかく戦爆連合は出撃した。敵の位置は、針路変更なしと仮定しての未来位置であった。

正直、五航戦でそこに敵がいることを期待している人間はいなかった。馬鹿でない限り、位置が曝露したら針路くらい変える。

「何かいるぞ！　空母かもしれん」

最初にそれを発見したのは、護衛の戦闘機であった。遠くを平たい大きな船が進んでいる。駆逐艦がエスコートしているようだ。

平たい船は一隻だけだが、あれは損傷空母で駆逐艦が護衛しているのか？

「敵油槽船を発見！」

それは、空母ホーネットやサラトガに燃料補給を行うためのタンカーであった。

攻撃隊が冷静であれば、そのタンカーの針路の先に空母がいるとわかっただろう。しかし、予想した空母の未来位置に空母のような船が見えたことで、戦爆連合の将兵はそうした冷静さを失っていた。

それがタンカーとわかった時も、別の意味で士気があがった。

さらに、タンカーの船長が空母部隊の位置を誤魔化そうと、針路変更を行ったことも小さくなかった。後にタンカーの針路に索敵機が出されるが、船長の機転によりそれは空振りに終わったのだ。

ただし、そうやって空母は守ったとしても、タンカーそのものは危機にさらされた。

一〇機の艦爆のうち三機がタンカーに攻撃を仕掛け、二発の爆弾が命中する。

結果を言えば、二発も命中する必要はなかった。一発命中しただけで大炎上を起こして爆発する。

残りの艦爆は駆逐艦を襲撃し、二発の命中弾を得たが、駆逐艦はかろうじて撃沈を免れた。しかし、大破したことには違いない。

タンカーの乗員は、この大破した駆逐艦に救助され、オーストラリアまでかろうじてたどりつくことに成功した。

五航戦にとってこの戦闘は、南雲司令長官への面当《つらあ》ての攻撃であり、少なくともそれ以上のものではなかった。

しかし、ハルゼー中将にとっては大きな痛手であった。空母二隻に給油するためのタンカーを失ったことで、その行動に大きな制約を受けたのだ。

ただハルゼー中将は、ここで退くつもりなどなかった。

第5章　罠と罠

1

前進する鉄の塊に小銃弾が次々と命中する。しかし、鉄の塊は前進を止めない。

前方の塹壕からは、手榴弾を構えた兵士が飛び出そうとするが、それは鉄の塊からの機銃弾に斃《たお》される。

兵士たちはその鉄の塊を楯にして前進を続けた。

防衛側は何度か攻撃を仕掛けるが、小銃弾で装甲は貫通できず、ついに彼らの陣地は蹂躙《じゅうりん》された。

「止めぇ！」

笛が鳴り、双方の兵士が止まる。演習が終わると、その場に座り込むものも少なくない。

「馬鹿者！　休めの姿勢だ！」

そう言われて、兵士たちはやっと隊列を整えた。

「だいぶ兵士らしくなりましたね」

海軍第三設営隊の山田隊長の感想に小野寺分隊長は首を振る。

「陸戦隊としては、まるで駄目です。小銃が使えるようになった。それは進歩ですが」

「ある程度の戦術判断もできているように見えるが？」

「まぁ、ある程度は。しかし、この程度では満足できません。いい加減な技量で命を落とすことになるのは彼らです。妥協はできません」

それはわかったが、山田にはいささか酷な話に思えた。なぜなら彼らは本来軍卒であり、職業軍人に守られる立場なのだ。

それを、いきなり自衛しろと武器を渡されても対処できまい。そこそこの高齢者もいるのだから。

「自分も正直、酷だとは思いますがね」

それが小野寺分隊長の本音なのだろう。山田隊長は少し安堵した。

2

海軍第三設営班は、この時期には海軍施設本部の立ち上げなどもあり、海軍第三設営隊と呼称が変わっていた。

とはいえ、山田海軍技師の業務内容に変化はない。「班長」から「隊長」に呼称が変化したくらいだろう。

ただ「班」から「隊」は、呼称だけの変化ではなかった。

一つには、小隊規模だが陸戦隊が付属するようになった。武装は軽機関銃や対空機銃である。

基地の警備と対空戦闘が主たる目的で、小隊規模なので戦力としては高が知れているが、いままで自前の陸戦隊はなかったのだから大きな進歩だ。

これに伴い、山田海軍技師も技術少佐へと軍人に転換している。ただし、工員などは依然として徴用の工員だった。

大きな制度改正は設営隊に限り、特例として隊の陸戦隊を技術士官である隊長が指揮できるようになったことだ。

それまでは軍令承行令により、技術士官が部隊指揮を行うことは不可能だった。

もちろん、指揮できる陸戦隊は設営隊に所属する陸戦隊で、他所の特別陸戦隊などを指揮することは認められていない。

さらに、軍夫である徴用工員たちに対しても、戦闘訓練が施されるようになった。

戦闘訓練といっても、行進・整列に小銃の扱い方や分隊レベルの戦闘術という基礎の基礎であるが、それでも従来と比較すると戦闘力は飛躍的に向上したと言える。

武器は中古の三八式歩兵銃だが、軍夫には反動が少ないこの小銃は好評だったのと、年長の軍夫の中には兵役経験者もいて、彼らにも馴染みの小銃だった。

じっさい古参の軍夫の中には「宇垣軍縮で解体された師団で、工兵科の下士官だった」というような経歴の人間もいて、彼らはそれぞれの組の監督だったりするので、組ごとに分隊を作ると比較的短時間で「歩兵分隊」的なものができあがった。

それは山田技術少佐の理想とする「軍人設営隊」には遠く及ばないものの、設営班時代よりは大きな前進に思えた。

このように設営隊が急に軍人化に舵を切ったのは、山田海軍技師の提案のためばかりではなかった。

そうしなければならない現実があったのだ。海軍は島嶼戦の研究の中で野戦築城の強化という課題に直面し、それが設営隊の機械化に結びついた。

一方で国際環境の悪化は急激で、野戦築城の問題に関していえば、十分な準備が整わないうちに開戦となった。

軍令部も戦争初期の段階で、何度か敵前への奇襲上陸作戦を敢行していた。それなりの戦果をあげてはいたが、大きな問題も生じていた。

敵前上陸作戦の研究が不十分ななかで、陸軍なら工兵が行うような——もっとも上陸作戦における工兵の運用は、陸軍内でも議論があったが——障害物の排除を、海軍は陸戦隊が土地を確保した上で設営班に委ねた。

これには野戦陣地の構築だけでなく、現場の要請で敵陣地の破壊や地雷原の啓開なども含まれていた。

しかし、設営班の中枢は海軍技師などであり、隊員は軍卒である。陸戦隊も彼らを戦闘の矢面に立たせるつもりはなかったが、現実は違っていた。

野戦築城以外の作業に従事させたことで、設営班に死傷者が続出した。さらに野戦築城だけを任せたとしても、残敵掃討がすんでいない状況では、敵襲により多数の死傷者が出ることも希ではなかった。

軍令部や海軍省も、こうした事実から軍人設営隊の創設について、その有利さは認めていた。

それでも着手できなかったのは、なによりも人材の不足にある。海兵団でも大量に人材を集めているが、教育して戦場に送るまでには時間がかかる。

その間も戦争は続いている。だから折衷策で、軍卒を兵力として自衛能力を与える必要があった。

こうした状況のなかで、第三設営班は比較的幸運であった。

いくつかの野戦築城を行ったが、オーストラリア軍の抵抗は弱い。さらに、ブルドーザーににわかに装甲板をつけた張りぼて戦車——本来は訓練用の機材である——を繰り出すと、たいていの敵兵は逃げていった。

そうして、いまは占領した敵の拠点を結ぶ道路建設のかたわら、こうした訓練を続けていた。

3

「ブルドーザー戦車は、やめたほうがいいようですな」

小野寺分隊長が言う。

「訓練だけにしましょう」

「何か不都合が？」

「いえ、装甲板と言ってますが、工事用の鉄板を炭で焼いて、焼き入れして硬くしただけじゃないですか。

三八式歩兵銃の銃弾だから阻止できますが、敵の機銃弾や速射砲にはかないません。陸軍の戦車でさえ速射砲に喰われるんですから、ブルドーザーでは駄目でしょう」

「まぁ、あんなにわかタンクを戦場に出すようでは、勝負は見えているな」

演習に使った戦車は、ブルドーザーの正面に鉄板を置いただけのものだった。正面からの銃弾なら対応できるが、それ以上のことは期待できない。

過去には効果はあったが、山田隊長もそれは幸運の類と考えており、激戦地では通用しないことはわかっていた。

「こちらの軍卒は素人ばかりです。素人がなまじあんな機械を頼りにしてはかえって危険ですよ」

小野寺分隊長は、そのあたりの評価には容赦なかった。

「むしろ歩兵は歩兵として、歩兵だけで戦うことを考えるべきです。その意味では、まぁ、そここそ使えるようにはなってきましたよ」

「ほう、君でも彼らを褒《ほ》めることがあるんだ」

しかしながら、山田技術少佐も小野寺をちゃかしてばかりもいられない。どうやら彼らは、ラバウルを占領する場合の設営隊戦力として考えられているらしい。

比較的穏やかな戦域に置かれているのも、練度を高めて面倒な戦域に送るためだという。

「もしこのまま戦闘が苛烈になっていったら、どうなるんだろうな」

「その時は、戦車に排土板をつけて工事するんじゃないですか」

小野寺の冗談を山田隊長は素直には笑えなかった。

4

昭和一七年二月。

ラバウルをめぐる攻防が激しさを増すなか、米太平洋艦隊はハルゼー中将を指揮官として、空母ホーネットと空母ヨークタウンを再び同方面に進出させていた。

「状況は我々に有利に動いている」

ハルゼー中将は、あえて空母ホーネットの格納庫を選び、ブリーフィングを行った。通常のブリーフィングより広範囲な人員を集めるためだ。

それはつまり、部隊のより多くの将兵に対して士気を高めるという意味がある。

「現時点で日本軍の空母は二隻、我々も二隻だ。しかも敵は我々の存在を知らない。

したがって奇襲により、敵空母を撃破することは十分に可能である。現に我々は倍の敵を先日の戦闘で撃破したではないか！」

ハルゼー中将は、最初は「南雲は臆病者」と檄《げき》を飛ばすつもりだったが、それはやめた。

敵が臆病者で、しかしそんな臆病者の艦隊を完全撃破できないのでは、自分らは無能ということになろう。

確かに一航戦を追い払った。四対二という戦力比を考えたら、健闘した戦果だ。ただそれも、南雲という男の性格に助けられた面が強い。

司令部の情報によると、被弾して損傷したのは空母赤城のみであり、僚艦の加賀は無傷であったという。

自分なら将旗を加賀に移して戦闘を続けただろう。しかし、南雲は無傷の加賀を伴い撤退した。

これは臆病と言っても間違いないだろう。だが、真珠湾に奇襲攻撃をかけるという投機的な作戦を指揮したのも同じ男なのだ。

ハルゼー中将には、この矛盾がわからない。ただ彼くらいの年齢ともなれば、人間とは単純に、卑怯とか勇敢とか断じるのが難しいことも知っている。

　それもまた、南雲を卑怯者と言わなかった理由だ。結局、ハルゼー中将自身がそういうことを信じていないのだ。

　自分が信じてもいないことを部下の前で士気を鼓舞するためとはいえ、ブリーフィングで語るというのは、不誠実に思えるのだ。

「日本軍の暗号は完全に解読されたわけではありませんが、興味深い傾向がわかりました」

　情報参謀がハルゼーに代わって説明する。

「日本軍は通信連絡に関して、なんらかの欠陥を抱えているようです。敵空母間の通信の時間と、敵空母の行動を分析すると、索敵結果など重要な情報が的確に届いていないと思われる節がありま

す。

　たとえば、五航戦が我々の空母部隊を発見していながら、一航戦はそれに対してほとんど何もしていません。

　状況から判断して、南雲は五航戦の索敵の結果を数時間にわたり知らなかった可能性があります」

　ハルゼー中将は、すでにその話を聞いていたので動揺は見せなかったが、ほかの将兵はその情報参謀の報告に明らかに驚いていた。

　騒然となる声のなかには「間違いではないのか」というものもある。

　通信がうまくいかないような部隊なら、どうして日本軍は破竹の勢いで進んでいるのか？

　それに対する情報参謀の返答は「自分たちはあ

くまで分析結果を述べただけです」とそっけない。

「諸君、我々が敵に勝利する鍵は、ここにあるのだ！」

5

「給油作業、完了しました！」

主計参謀の報告に原司令官はうなずく。

パラオかどこかからまわされてきたタンカーから、五航戦の艦艇は洋上で給油を受けていた。

通常は港で補給を受けるのだが、二隻の空母による航空作戦は激しく、トラック島なりパラオに戻る時間的余裕がなかった。

燃料だけでなく、食料その他、爆弾や魚雷までも洋上で補給していた。

こうした洋上での給油や補給で、第四艦隊司令部などは、稼働率の高さを確保しているつもりらしい。

ただ原司令官から見れば、それはそろそろ限界でもあった。航空機搭乗員や空母の乗員など、部隊の人員の疲労の蓄積も馬鹿にならないと思うからだ。

しかし、ラバウルを完全占領でもすれば別だが、現時点では、この方面の日本軍の航空戦力は自分たちだけだ。

そして第四艦隊は、徹底した空襲で敵を叩いてから上陸という作戦を立てている。

井上司令長官がそうした作戦を行わねばならない事情も、原司令官にはわかる。

第四艦隊の水上艦艇には有力軍艦がないに等し

い。それでラバウルを占領するには、空母は重要な戦力だ。

原司令官としては、井上司令長官よりも南雲司令長官にこそ苦言を呈したい気持ちである。

本来は空母四隻で行ってきた作戦を、いまは一航戦が逃げた——あえて原司令官は逃げたと言う——ために、五航戦だけが過大な負担にあえいでいる。

加賀だけでも戻してくれればだいぶ違うのだが、すでに加賀も日本に向かっている。

問題は疲労だけじゃない。こちらが優勢といっても、敵部隊には戦闘機もあれば対空火器もある。

撃墜される戦闘機や攻撃機があり、すでに戦力は二割も減少しているのだ。

さすがに補充も行われたが、加賀から三人、赤城から三人という水準で、六人でも増えるのは大歓迎であるが、一航艦司令部の本気度はかなり疑わしい。

「艦隊司令部の敵信班からです」

通信参謀が、第四艦隊司令部の敵信班からの情報を持参する。

原が自分たちを酷使する井上司令長官を、直属の上官である南雲司令長官よりもずっと評価するのは、戦訓の分析をしっかりと行うからだ。

それは、通信科と数値処理に長《た》けた主計科とで行われたらしい。それによると、部隊の通信には色々と隘路があることが明らかになった。

たとえば、五航戦の索敵機の報告は無駄な手順で流れたために、一航戦が攻撃されたタイミングで届いたという。

井上司令長官は、少なくとも第四艦隊傘下で、R作戦の間は横方向の情報の流れも重視するように通信科に命じていた。

それは誰彼構わず発信せよということではなく――むろん緊急電など状況次第ではそれも許されるが――状況に応じて、直接通信を送るべき相手を決めておくというものだ。

つまり、通信科や発信艦にかなりの自由裁量を与えることになる。必要なら艦隊司令部の頭越しの通信さえ認めている。

これはつまり井上司令長官としては、部下の自由裁量を大きく認め、自身はそれに対する責任を取り、あるいは連合艦隊司令部などから守るという立場を明らかにしたのだ。

井上さんらしいと思うと同時に、残念ながらそこまで度量の大きな司令長官がどれほどいるかという気持ちにもなる。

いや、原自身も戦隊司令官であり、他人事《ひとごと》のような顔はできないのだ。

「敵信班が、こんな時に？　何か起きたか？」

「目を通していただければ明らかですが、敵空母部隊が策動しているもようです。数は確認されている限り一隻です」

「前回撃破した空母が後退し、僚艦だけが残っているということか」

それをそのまま理解するならば、自分たちのチャンスということだ。空母の戦力比が二対一なら、負けるわけがない。

「二隻の可能性はないのか？」

原司令官は慎重だった。

真珠湾作戦の結果、米太平洋艦隊は多数の主力艦を失った。だから、いま空母はなにより貴重なはずだった。

なるほど過日の戦闘で一航戦は日本に戻り、日本軍の空母戦力は半減したが、米海軍の空母戦力も半減なら戦力比は変わらない。

ここで、あえて貴重な空母を倍の戦力の日本海軍にあてるというのは、どう考えても信じがたい。

その疑問に対して通信参謀は、さらに資料を提示する。

「敵信班の分析では、過日の戦闘で撃沈した油槽船が影響しているとのことです」

「油槽船が？　その根拠は？」

「暗号がすべて解読されているわけではありませんが、空母と司令部の間で、油槽船と思われる船名が頻繁に言及されているとか。

米軍は油槽船の不足から、作戦に展開できる空母が一隻のみなのではないでしょうか」

「油がないから一隻しか動かせないか……」

それは現状の解釈として、原司令官には一番まともなものに思われた。

米太平洋艦隊にとって確かに空母は虎の子だが、最前線の将兵に対して、空母が何もしないというのも海軍の存在意義として問題なのは間違いない。だから空母部隊も活動しないわけにはいかない。

しかし、燃料補給の問題から二隻は動けない。それでも日本海軍との戦闘を避けるという点に徹すれば、ゲリラ的な運用は可能だろう。空母も安全だ。

じっさい自分たちは、いままで敵空母の活動を知らなかったのも事実である。

「いまなら休養が可能か」

原司令官が考えたのはそのことだ。敵空母部隊の追撃を行う。そのため一時的に他の戦域への攻撃から退く。

ならば敵空母との交戦となるまで、一日や二日は搭乗員や乗員に休息を与えることができるだろう。

しかし第四艦隊司令部は、いまは休息の時ではないと考えていた。

6

「敵空母が燃料不足のため、一隻のみの活動しかできない。このチャンスを逃すわけにはいかないぞ」

井上成美第四艦隊司令長官にとって、それは自明のことだった。

彼が苛烈なまでに五航戦を酷使するのは、原司令官に含むところがあるからではない。むしろ激務に耐えている五航戦に対して、井上自身は評価していた。

含むとしたら一航艦の南雲司令長官だ。どうして彼は無傷の空母加賀を撤退させたのか？

一航艦司令部の中には「経験の浅い五航戦に実戦での経験を積ませるべき」という意見も多かったと聞いている。

五航戦錬成のために加賀まで下げるとは、本人は善意のつもりかもしれないが、現場はそうは考えない。

単純に考えても、負荷が倍になるのだ。そんなことを錬成とは言わないだろう。

　実際問題として、井上司令長官も五航戦には休養が必要と考えてはいる。しかし、ラバウルを攻略しない限り作戦は終わらない。

　ラバウルさえ陥落すれば、航空兵力としては陸上基地が使えるから、五航戦の休養と空母の整備はそれからでも遅くない。

　井上司令長官はそう考え、心を鬼にして五航戦を酷使していた。ただ無理が続かないことも十分理解している。だからこそ、敵信班の情報にチャンスを見たのだ。

「敵空母を撃沈すれば、連合軍将兵の士気も下がり、航空脅威もなくなり、ラバウルは一気に陥落となるやもしれぬ。

　そうなれば五航戦にも休養を与えられる。個々はつらいが、彼らにあとひと踏ん張りしてもらうしかあるまい」

「ですが、長官、具体的にどう敵空母を撃破するのですか」

「こちらから罠を仕掛ける。五航戦に給油艦を向けるという偽の通信を頻繁に交わせばいい。

　そうだな、はくさん丸を囮とする。あれは電探があるから奇襲攻撃ということにはなるまい。敵がはくさん丸を攻撃するために現れたら、五航戦が敵空母に横ビンタを食らわせるのだ」

7

「一号機は降ろし、技術資料と共に日本に送り返す。はくさん丸には二号機だけを残す」

吉成造兵少佐は部下たちに淡々と指示を出す。すでにはくさん丸では、試作二号機の電探が完成し、運用を開始していた。基本的には一号機と同じだが、試行錯誤による無駄が整理され、機械としての完成度は高い。

しかし、はくさん丸から一号機を降ろすのはそういう意味ではなかった。

第四艦隊の指導で通信系統が整理され、指揮系統も整えられたが、それは編組されていた第五航空戦隊にも影響していた。

第四艦隊司令部が電探についてどの程度の認識を持っているかは謎であったが、はくさん丸から第四艦隊司令部と第五航空戦隊に直接報告できるようになったことは大きな成果と言えた。

ただ、そのためには使用する周波数（短波・中波・長波の割り当て、昼夜での使用周波数の違いなど）の調整が必要であり、戦闘序列の説明も受けていた。

それで明らかになったのは、誰も明言はしないものの、はくさん丸が敵に対する囮役であるらしいことだ。

敵がはくさん丸を襲撃するはずだから、それを迅速に通報する。通信系統の整備の意味は、そのあたりに置かれていた。

海軍将校たちは、はくさん丸が敵を発見したら、すぐに自分たちが敵を撃破できると考えているらしい。

技術士官の吉成造兵少佐には、そのあたりのことを論じられるほどの知識はないものの、それでも自分たちがかなり危ない橋を渡らねばならないことだけはわかる。

第四艦隊司令部も、ことさらはくさん丸を危険にさらそうと考えているわけではないらしい。どうも「敵を察知する」という点に関して、開発側と用兵側の間に認識の違いがあるようだ。

ただ悲しいかな、自分たちには作戦に容喙《ようかい》できるだけの権限はない。そもそも、はくさん丸に命令を下せる立場でさえないわけで、司令部の命令には逆らえないし、認識を改めさせる時間もない。

ならば、命令を前提として対処するよりない。それはつまり、はくさん丸が沈められた場合にどうするかという問題だ。

ここでの貴重な経験や戦訓、技術的成果を失わさせるわけにはいかない。そのため実機としての試作一号機を日本に送るほか、自分たちがまとめた技術資料も日本に送り、研究を進めてもらわねばならない。

とりあえずは試作一号機の量産（正確には二号機であるが）に着手し、海軍艦艇の電探化に着手し、運用経験などを蓄積する。

そうした観点から、技術資料には教範となるものも含まれていた。そうしたドキュメントが技研に届くなら、はくさん丸での電探研究は無駄とはなるまい。

「ついては、大野君には一号機の輸送にあたってもらいたい」

その一言に、当の大野技師も驚いていた。そうだろう、吉成造兵少佐はこのことを誰にも明かしていなかったのだ。

「小職はこの計画の責任者であるから、はくさん丸に残らねばならない。しかしながら、日本にこれらの機材を輸送し、日本で量産するためには、前線のことを知っていて、電探にも精通している人間が必要である。そうなれば、次席である大野君しか適任者はいない」

「班長、電探はまだまだ未完成です。それを実戦で研究するには、僭越《せんえつ》ながら私のような人間でなければならないのではないでしょうか!」

まさにだからこそ、君を日本に戻すのだ。吉成は心の中でそう答える。ただ吉成造兵少佐も、それをあからさまには口にしない。

はくさん丸にはほかにも技術士官や海軍技師が乗っている。吉成が次席とわざわざ言及したのは、大野に対する無用な嫉妬ややっかみを恐れてのことだ。

「次席である大野君が抜けるのは小職もつらい。しかし、諸君、忘れないでもらいたい。彼は技術者として硝煙の臭いを知っている、銃弾の破裂音を知っているのだ。

そうした人間が開発の音頭をとらねば、日本の電探開発は停滞したままで終わるのだ。これは誰のためでもない、国のためだ」

「わかりました。本分を尽くします」

全体会議の空気を見て、吉成造兵少佐は大野帰国の発表は失敗だったことをすぐに感じた。

日本海軍が電探開発を進めるために、自分が残るなら大野が帰国するしかない。技術面で彼以上に知識と見識がある人間はいないからだ。

しかし吉成の誤算は、その「国のため」という理念を理解している技術士官や技術者が予想以上に少ないことだった。

そもそも吉成造兵少佐が話し終えても、拍手さえ起きない。むしろ「国のため」みたいことを言う吉成造兵少佐に対する白けた雰囲気があるだけだ。

さすがに吉成造兵少佐は残るので、そこに不満はなかった――はくさん丸が帰国すべきという意見はあったが――が、大野だけが帰国することに不満は生まれたらしい。

吉成造兵少佐としては、開発期間に余裕がないからには、技量優秀な人間に権限を持たせ、彼を中心に仕事をするしかないと思っていた。

しかし、あまり優秀ではないが、そこそこ階級は高い技術士官――とはいえ尉官レベルだが――には、そうした階級を無視したような采配は神経にさわったらしい。

というよりも、下のものに追い抜かれるという危機感かもしれない。

だが、電波探信儀という先端技術開発は、階級や役職より技量優秀者を中心としたほうがその進展は順調なのだ。

じっさい、はくさん丸の中で、グループリーダーを階級が下のものに交替させられた人間も二名いた。

この二名の場合、はたで見ていても駄目な奴だったので周囲も同情せず、すったもんだで配置転換となり、パラオかどこかにいるらしい。

ただ、吉成造兵少佐のこうしたやり方に反発をいだく者はいた。大野の一件は、それを一気に顕在化させた。

「自分のせいで、隊長によけいな心労をおかけして申し訳ありません」

集会の後、大野は吉成の部屋を訪ねてきた。

「顔はどうしたのだ？　腫れているが」

「転んだだけです」

「転んでそんな傷にならないだろう」

大野は吉成から顔を背けてつぶやく。

「転んだということですませてください。どのみち自分は日本に戻りますから」

「大野君……」

殴ったというより、後ろから蹴られるか何かして頭をぶつけたようだ。

大野自身は心あたりがあるかもしれないが、誰かに闇討ちを喰らったという証拠もなく、犯人捜しは成功すまい。

「すまん。すべて私の失策だ」

「そうですね」

大野はそれを否定しない。しかし、吉成は否定されないことで、むしろほっとした。

そう言ってくれるだけ、大野は自分を信用してくれている。不満を不満として言える人間として。

「しかし、隊長の配慮には感謝しています」

「君のためにやったんじゃない。日本のためだ」

「わかっています。だからですよ」

「だから？」

「海軍だのなんだのと言っても、国のためだなんて口先だけの輩《やから》が多い。だけど隊長、いや吉成さんだけは、本気で国のために電探の開発をしようとしている。

私に言わせれば、馬鹿ですよ。もっと何倍もうまく立ちまわれるだろうに。あなたはそんな小細工はしない。前線から逃げようとさえしない」

「次の作戦で、はくさん丸が撃沈される確率は五分五分、いやもっと高いかもしれない。爆弾一発で勝負は終わる。

にもかかわらず、その船に残りたがる馬鹿に言われるのは心外だな」

二人はそこで忌憚《きたん》なく笑い合うことができた。

悪意の有無はともかく、はくさん丸は実質的に囮にされようとしている。

敵空母の囮になるには商船は非力だ。にもかかわらず、吉成技術少佐は電探開発の完成度を高めるために出動するという。だからこそ、一人戻される大野技師はつらさを感じるのである。

「しかし、技師を後ろから襲うような人間を放置はできん。そんな人間と死地に向かうのはな」

「ですが、本船に技術者はいても探偵はいませんよ、隊長」

「いや、方法はある。自首するか、誰かが告発すればいい」

「それは、そうですが……」

「まぁ、任せてくれ」

翌日、吉成技術少佐は「大野技師とともに日本に戻れる人間について人選を大野技師に任せた」と発表し、同時に非公式に数人の人間に「大野を襲った人間がいて、大野が怒っている」と漏らした。

吉成自身は自分の思惑があたるというのは、人間の利己心が確認できたという意味で、必ずしも嬉しい話ではない。

それでもその日の午後までに、大野を後ろから襲った人間——二人組だった——の名前が明らかになり、さらに実行者の二人は、互いに相手が主犯と主張した。

結果的に、大野は同行者を伴うことなく船を降りた。吉成技術少佐にとっては、なんとも後味の悪い事件であった。

だが、そんな事件も作戦実行が近いという事実の前に過去のものとなりつつあった。

さすがに第四艦隊司令部も、商船を非武装で囮にする無謀さには気がついていたのだろう。

多数の対空機銃が装備されることになる。照準器は照門だけで射撃盤の類はなかったが、商船にしては重武装の船に仕上がった。

対空機銃の操作のために艦隊から人員が派遣されたが、彼らは兵科なので吉成技術少佐に命令権はなかった。対空戦闘は彼らの判断に委ねるしかない。

「できるだけ、こんなものは使わずにすませたいものだがな」

吉成技術少佐はそう思ったものの、自分の任務のことを考えると、それは期待しがたいこともわかっていた。

8

「この商船は囮なのか?」

ハルゼー中将は情報参謀の報告に対して、そう確認した。少し前には五航戦に燃料を補給する夕ンカーであると聞かされていたためだ。

「敵としては、これをタンカーであると思わせたいようです」

「タンカーではないという根拠は？」

「まず通信傍受により、この船として認識されていたタンカーは、シンガポールに在泊していることが確認されています。

日本の大型タンカーは数が限られておりますから、同名の別船が存在する可能性はまずありません。確認もされておりません。したがって、この船が問題のタンカーである可能性はないわけです」

「例の船が、この名前のタンカーでないことはわかったが、それは敵が船名だけを偽っており、やはりタンカーである可能性を否定しないのではないか？

任務秘匿か、こちらを混乱させるため、タンカーに別の船名を付与する可能性は否定できまい。奴らの船名はなんであれ、タンカーか否かで我々の作戦もまったく違ってくるのだからな」

「決定的なのは、問題の船がはくさん丸であることがわかったことです」

「はくさん丸？」

「五航戦に補給を行っている貨物船です。貨物船ですが、タンカーではありません」

「確実なのか？　海軍暗号は完全に解読されているわけではなかろう」

「ですが、商船暗号は解読されています。船主に対して定期的な報告を彼らはしているのですが、それがいまだにはくさん丸のままです」

「はぁ……どうして敵はそんな馬鹿な真似をするのか？　罠ではないのか」

「そのあたりははっきりしませんが、徴傭商船の契約内容が海軍側の都合で大きく変更されたことに関して、問い合わせを行ったことが原因のようです。

　どうやらはくさん丸そのものは、自分たちの船名を変更されて情報がリークされていることをまったく知らないようです」

「官尊民卑が原因で、罠ではないということか」

「そうなります」

「ふむ」

　タンカーを囮としようとするのは、自分たちの作戦行動がタンカーの喪失により制約を受けたことを敵が知っていることの裏返しだろう。

　ただ、アメリカには何隻ものタンカーがあり、それを手配することは日本ほど困難ではない。

　だからこそ、空母ヨークタウンと行動を共にすることができる。

　敵がこちらの思惑通りに動いているならば、五航戦は我々の空母が二隻であることを知らない。

　そして、はくさん丸に攻撃を仕掛けられるほど接近した段階で、自分たちの空母二隻で攻撃をかける算段だろう。

「敵の索敵機はどうなっている？」

「主として、この水上機基地が敵の索敵拠点となっているようです。水上機ばかりではなく、飛行艇の運用も始まっています。

　あと商船改造の水上機母艦がニューブリテン島方面で活動しております。搭載機数は四機と推測されています」

「我々が、敵が考えているように空母一隻であれば、敵の索敵機を避けようとするだろう。

そうなると、水上機基地のある東部ニューギニア方面を避け、特設水上機母艦のあるニューブリテン島のこの方面も避けることになる。

敵のタンカーは、その日本海軍の索敵範囲の領域外ぎりぎりを移動している。本来なら内側にいるべきところを外側だ。

ここを攻撃するとしたら、我々がいるべき海域はこの索敵機に挟まれた狭い領域になる。ほぼ水道と言っていいだろう。

つまり、五航戦はばくさん丸が攻撃されたら、この領域に戦力を集中すれば我々と一戦を交えることになる」

「我々を密かに餌と索敵機で追い込む作戦ですか」

「敵はそのつもりだ。だが、それならそれでこちらにも考えがある。敵の罠を利用してやろうじゃないか」

9

昭和一七年一月末。

特設水上機母艦まりも丸は海軍の補助金で建造された優秀商船で、排水量は四〇〇〇トン程度ながら特設巡洋艦、つまり仮装巡洋艦としての運用を有事には考えられていた。

建造されたのが昭和初期で、計画自体は大正末期なので、この時はまだ仮装巡洋艦が戦闘艦として活躍する余地が大きいと考えられていた。

しかし、海軍艦艇の技術の進歩はめざましく、仮装巡洋艦が巡洋艦的に活躍する可能性は非常に低くなっていた。

石炭でレシプロエンジンの時代なら、商船が軍艦と張り合う余地もあったが、重油とタービンの時代には、商船と軍艦の能力差は埋めがたい。

三〇ノットまで出せる商船は建造可能としても、そんなオーバースペックな商船では運用しても採算に乗らない。

装甲防御や砲火力の差にいたってはお話にもならない。こうしたわけで、まりも丸は仮装巡洋艦ではなく、補助艦艇的に使われてきた。

具体的には輸送船兼水上機母艦である。仮装巡洋艦よりこれらの艦艇のほうが必要性が高いためだ。

島嶼戦が強く意識されるようになってから、島嶼戦での偵察能力の補助として水上機母艦の必要性が高まっていた。島嶼での野戦築城が戦場となる局面が増え、それに伴い水上機による索敵が重要になったためだ。

これは単に索敵だけでなく、遭難者の救助や捜索が増えたこととも大きい。漂流しても救助されるという信頼性が士気を高める。

また、医薬品等の緊急補給が必要な場合にも、水偵一機が状況を左右することは珍しくなかった。

つまり、水上機母艦が輸送船も兼ねているのは、緊急輸送という任務が増えたことと無関係ではなかった。

こうしたことあり、まりも丸の搭載機は四機とも三座の零式水上偵察機であった。三座なら偵察能力が高いということもあるが、緊急物資輸送では三座のほうが積載量が大きいためだ。

四〇〇〇トンの船ながらも、まりも丸には呉式のカタパルトが搭載されていた。回収は海面からクレーンとなるが、射出だけは迅速にできる。ただR作戦中に、まりも丸の艦載機は五機に増やされていた。

積めば一機くらい余計に積めなくはないのも確かだが、さすがに甲板上は狭くなる。運用面でも窮屈だ。

それでもなんとか運用がまわっているのは、明るいうちは五機のうち最低でも一機が飛んでいるからだ。つまり、船の上には四機以上の飛行機はなく、それなら通常と変わらない。

そうまでして偵察機を飛ばしているのは、R作戦のためだけではないらしい。詳しい説明はないが、第四艦隊司令部は敵空母部隊の動きを警戒するように通達を出していた。

「空母部隊なんか活動してるんですかね?」

「司令部が警戒せよと言うからには、何かいるんじゃないのか」

特設水上機母艦の乗員の多くは、貨物船時代からの船員の横滑りであり、後から乗ってきた海軍の軍人はそれほど多くはない。

四〇〇〇トンの船に四機以上の水偵を搭載している関係で、まりも丸の固有の兵装はそれほど多くはないためだ。

連装対空機銃が二基、それが武装のすべてである。大砲の類はなかった。四機の水偵を船内に収容し、カタパルトまで装備していれば、兵装がしわ寄せを受けるのは当然と言えた。

「飛行長、二号機より緊急電です」

まりも丸の実質的な指揮官は船長ではなく、海軍軍人の山之上飛行長だった。二基の連装対空機銃を扱う要員も、彼の指揮下にあった。

「敵潜水艦と思われる艦艇を発見、攻撃し、損傷を与える」

水偵には母艦の兵装が貧弱な分、二〇ミリ機銃が装備されていた。常識的に考えて攻撃し、損傷を与えたのは、この二〇ミリ機銃だろう。

ただ、山之上飛行長は「損傷を与える」については眉唾《まゆつば》に感じていた。爆弾を投下したのならまだしも、二〇ミリ機銃弾で潜水艦にどの程度の損傷を与えられるのか？

もちろん、直撃すれば船殻に穴くらいあくかもしれないが、そうそう都合よくいくとも思えない。

事実関係としては「銃撃した」ことだけが確実で、損傷については推測に過ぎない。重油を確認したとか、気泡を確認したとの報告はない。

だとすると、潜水艦は無事であり、潜航を続けていることになる。というより、そう考えるほうが安全だろう。

「船長、潜水艦が確認された。これからは警戒を厳重にしてくれ」

山之上飛行長は船長に、そう命じた。しかしながら船長の反応は薄い。

「潜水艦はどこで発見されたのでしょうか」

面倒とは思ったが、船長としては当然の質問であると、山之上飛行長も気を取り直す。ただ、どうもこの船長には海軍軍人への敬意が感じられない。

船長自身は予備海軍少佐か何からしいが、兵科ではないから、山之上飛行長の命令に黙ってしたがうのが、分をわきまえた行為ではないか。

「潜水艦ってどれくらいの速度で航行するもんなんでしょうか」

「敵潜の速力だと！」

問われて、山之上飛行長も答えに窮する。潜水艦のそうした性能や情報について、彼も十分な知識があるわけではない。畑が違う。

しかし、畑が違うから知らないとは、この船長の前では口にしたくない。

「一二ノット程度のはずだ」

演習の打ち合わせか何かで、友軍潜水艦の原速がそれくらいと聞いた記憶がある。ならば敵潜もそんなものだろう。

「だとすれば、敵潜が我々を襲撃するとしても、陽が昇ってからになりますか」

「まぁ、そんなところだ」

山之上飛行長は、だんだんと苛立ってきた。ようは今夜の警戒は現状のままでもいいだろうと、この船長は語っているのだ。

敵潜との接触の可能性が夜明け以降なのだから、夜間の警戒は必要ない。

「それでも戦争である以上は、常に戦場にいるつもりであたってもらわねば困る！」

「なるほど。ところで、対空機銃で敵潜を撃沈できますか」

「当たれば船殻に穴もあくだろう」

「有効な火力はあるわけですか。そうならば、機銃の要員も警戒にあたっていただくことになりますが」

つくづく嫌味な奴だと、山之上飛行長は船長を思う。要するに夜間も船員が警戒にあたるなら、機銃員も夜間の直につけという話だ。

敵潜を発見したら、迅速に機銃で攻撃しなければならない。そのためには機銃員が待機している必要がある。

しかし、これは無理な相談だった。

一応、機銃分隊があるにはあるが、分隊長は山之上飛行長の兼任で、実質的に専任者は兵曹長を長とする三名しかいない。戦闘時には、飛行科の手のすいたものが機銃を操作するのだ。

だから、まりも丸に乗り込んでいる海軍軍人の多くが一晩中、直につくことになる。三直でまわせるほどの人間は、この船には乗っていない。

「ともかく敵潜の発見が重要だ。迅速に発見できるなら、あとは我々で対応できる」

船長は「そう言うと思ってました」という表情を山之上飛行長に向ける。

「見張りを厳重といっても、船員の数はご存じのように最低限度です。増やせと言われても、一人二人、増やせるだけです。

それよりも敵潜の脅威――が本当にあるならば――に備えるなら、乙の字で航行してもよろしいですか」

「それは困る」

山之上飛行長は即答する。ジグザグに航行すれば、どうしても無駄な距離を移動するので、航行スケジュールが遅れてしまう。

しかし、山之上飛行長は哨戒エリアについて命令を受けている。

彼が必要に迫られて針路変更を命じることは認められているが、船長の判断をここで受けいれるのは考えものだ。

そうでなくても、従順とは言いがたい船長だ。変な前例を作るわけにはいかない。

「君は敵潜の脅威を信じていないようだ。ならば乙の字は必要なかろう！」

「敵潜の速力が飛行長の言う通りなら」

つくづく腹の立つ男だと、山之上飛行長は思う。

結局、なんらの策を講じることなく、まりも丸が航行していることに彼が気がついたのは寝る時だ。

それに気がつき、腹が立って悶々としている深夜二時。激しい衝撃を続けざまに二度感じた。

「魚雷！　魚雷！」

雷撃を受けたとの報告が飛び交う。山之上飛行長はすぐに通路に飛び出すものの、なす術《すべ》もない。

船員たちはテキパキと船長の指示で動いているが、ある時点から脱出の準備にかかる。

「あんた、飛行長なら飛ばせるだけ飛行機を飛ばすことだ。船が水平の間なら、水偵も出せるだろう！」

雷撃を受けた理由を山之上飛行長は船長に質《ただ》したかったが、いまはその時ではない。

彼はともかく水偵を発艦させる。

一機はなんなく発艦し、二機目も発艦できた。しかし、三機目は傾斜が激しくなり、カタパルトは使えない。

「クレーンで降ろせ。海面から飛ばすんだ！」

飛行科の人間に指示を出していたのは、船長だった。山之上飛行長も何か言おうとするも、何を言うべきかわからず、的確な指示を彼の部下と船員に出せるのは船長だった。

かなり傾斜がきつくなっても、クレーンはなんとか五機目の水偵を海面に置き、救うことができた。

それらは順次、最寄りの基地に向かって行こうとする。

「あんたは飛行機じゃないのか？」

救命ボートに乗り込もうとする山之上飛行長に、船長は最後の水偵を示す。

「後部席は、まだ空いてるぞ！」

「私には報告する義務がある！」

船員と部下たちの冷たい視線を受けながら、山之上飛行長は五機目の水偵にボートをつけさせると、自らが後部席に乗り込んだ。

それと同時に零式水上偵察機は離水し、一番近い水上機基地に飛んでいった。

第6章　戦爆連合

1

「ひどいものだな」

山田技術少佐は眼下の光景に思わず、そうつぶやいた。そして、取りつくろうように続ける。

「激戦だったんですね」

山田技術少佐は偵察機で現場を確認する。海軍第三設営隊は一度、ニューギニアからグアム島に移動し、機材の更新や部隊の再編を行っていた。

それは当初の計画にはない、急な話であった。その理由は、どうやら戦局の展開が急で、設営隊についても色々とやりくりが必要になったためらしい。

山田技術少佐が、しばらくはニューギニア方面と言われていたのに、ラバウル近郊の西飛行場の復旧とグアム行きを命じられたのも、そうした事情であるという。

開戦前には八つだった設営隊（当時は設営班）も次々と新設され、いまは一三、四個ある。

その一三、四個の設営隊にしても、編成が完結した部隊数であり、錬成途上のものがそれ以上あるようだ。

新設設営隊のいくつかは、ブルドーザーの調達も間に合わず、占領地の鹵獲品を転用しているなどは恵まれたほうで、自動車はトラックだけの設営隊もあると聞く。

唯一の救いは、開戦前からのブルドーザー操縦教育のおかげで、鹵獲品を操縦できる人間がいることだった。

ただ、やはり部隊あたりの重機操縦の訓練を受けた人間は少なく、一人二人の経験者が酷使されている。

そのため新設設営隊は人の数だけは多いが、機材不足や組織運営の不手際から、パフォーマンスが悪いらしい。

そこで緊急の建設工事には、第三設営隊のような経験を積んだ、既存の部隊が投入されるのだという。


山田隊長を乗せた偵察機は、グアムから飛行した陸攻であった。一機だけだが護衛の戦闘機がついてきてくれるということは、海軍にとっての山田技術少佐の立場を物語っていた。

しかし、山田隊長がそんな厚遇を喜んでいられたのも、ラバウルの西飛行場（ブナカナウ飛行場）の上空に到達するまでだった。

「どうです、隊長？」

第四艦隊の参謀が尋ねる。それは質問の形をした命令だった。その場の空気としては「大丈夫です」が、正しい返答だ。

だが、山田技術少佐は責任ある立場として、そんな空気は読まない。実際に現場で土をすくうのは、参謀ではなく自分たちなのだ。

「難しいですな」

「難しい？」

「重機を搬入すれば、工事そのものは難しくありませんが、海岸から現場までの道路を作る必要があります。

それに、ラバウル市街から道路を開通させるとなれば、そう六、七キロは必要でしょう。一朝一夕には」

「作戦に間に合わないのか」

「それはわかりません」

山田技術少佐は、はっきりと答える。

「わからないとはどういうことか」

「作戦の説明を受けていないのです。中身を知らない作戦について、間に合うもなにも回答できるわけがないでしょう」

参謀は不機嫌になった。一方、山田としては子供っぽい男だと思うだけだ。こんなのが参謀で、第四艦隊は大丈夫なのか？

「軍機もあるので、あまり作戦は口外できないことを理解してほしい」

そう話に入ってきたのは、第一一航空艦隊からの参謀だった。

「道路のことは忘れるとして、飛行機の離発着が可能な水準にするだけなら、何日かかる？」

「あの穴だらけの滑走路ですか……永続的な使用を前提とするなら、敵軍が使用していたのですから土壌改良の必要はないでしょうが、それでも一週間」

「それは最短で？」

「責任を持った仕事を完了させるのに、それだけあれば確実に完成させられる日数という意味です」

「とりあえず、部隊が一回出撃するだけもてばいいのなら？」

「半日です。ただし二回目の出撃は、一週間後になるでしょう。応急処置で酷使すれば、傷の復旧には手間取ることになりますから」

「半日か……それなら大丈夫か。工事して、半日後に移動して、補給して出撃。一日で出撃可能か」

第一一航空艦隊の参謀は、先ほどの参謀よりも老成しているのか、的確なやりとりができた。

なにより自分は将校だからと、技術士官を見下すような態度をしないのが好感を持てた。

「ただ、どの程度の規模かにもよります」

「というと？」

「着陸は整備と補給のために行うわけですが、燃料や爆弾などを運び込むのに別途手間がかかります」

「道路が必要か……」

「輸送機のようなものは？」

「あるが、作戦の需要を満たせる水準にはない」

「どれだけの物資を運びこめば？」

「むしろ何トンの物資を輸送できる？　それで兵力の規模は決まる」

山田と航空艦隊の参謀は、しばし四艦隊参謀を放置して、この問題について意見を交わした。

航空艦隊参謀はグアムを出発する時点で、爆装・雷装して出撃し、西飛行場で燃料補給だけ行うという案を出した。

山田技術少佐には、確かにそれは魅力的な提案に思えた。しかし、技術者としてその案は却下した。

なるほど名人技の操縦員なら、爆装したまま着陸するような真似もできよう。だが、基本的にそれは危険な行為であり、事故が起こる可能性が高い。

なにより応急処置の滑走路では、完全な状態は期待できない。それだけ事故の可能性が高くなる。もしそれで事故が起こったら、滑走路は再び使えなくなるだろう。機体だけなら、そうした問題は避けられる。

「となれば、燃料も爆弾も魚雷も、西飛行場で積み込むことになるのか……」

「魚雷は必要ですか？」

山田技術少佐の質問に、四艦隊参謀は何か口をはさもうとしたが、航空艦隊参謀がそれを制した。

「一番輸送が厄介なものだ。最大の重量物だからな。しかし、運べるのであれば運びたい。あるいは雷撃隊だけ後まわしにして、爆撃隊だけ先に出撃させるという方法もあるか」

だが、それも駄目だろうという結論になる。

それでリスクが減るのは雷撃機が一機だけの場合であり、一〇機、二〇機と雷撃機が必要なら、危険は同じことだ。

爆撃機が出撃できるだけましというところだろう。そこを評価すれば、話は違うかもしれないが。

「とりあえず、我々のほうでいくつか試してみます。それで後日、報告させてください」

「頼む」

話は、ほぼ二人の間で決まった。

2

日本陸軍の南海支隊は、激戦の末にラバウルの西飛行場を奪取した。奪取したはいいものの、西飛行場の状況は徹底的に破壊されたものだった。

オーストラリア軍は負けが見えてきた時点で、基地にある爆弾を飛行場のあちこちに埋め、日本軍の進駐と同時に一斉に起爆させるという最後の抵抗を行ったのだ。

南海支隊の犠牲者も少なくなかったが、滑走路や飛行場施設の被害も甚大だった。

南海支隊はグアム攻略を行った部隊であり、戦闘経験は積んでいたが、こうした半分自棄《やけ》としか思えない反応は初めてだった。

ともかく西飛行場を占領したものの、そこにあるのは爆弾孔ばかりの空き地である。飛行場はおろか、滑走路とさえ呼ぶのも憚《はばか》られる惨状だった。

だからこそ、機械化が進んだ第三設営隊が投入されたのだ。

「点火！」

轟音とともにダイナマイトが爆発し、樹木を根こそぎ吹き飛ばす。待機していたブルドーザーが前進し、吹き飛ばされた樹木の残骸を排除し、前進する。

第四艦隊司令部と第一一航空艦隊司令部より西飛行場の復旧を要請された海軍第三設営隊は、自分たちがかなり難しい任務を与えられたことを改めて思い知らされていた。

一つは、機械化とのトレードオフで部隊の人員が数百人しかいないことだ。

他所の設営隊なら、良くも悪くも人海戦術という奥の手が使えたが、第三設営隊ではそれはあまり期待できない。

ほかの一般的な設営隊より、一〇〇〇人からの人間が少ないのだから。そうなると、人海戦術以外の手段を考えねばならない。

西飛行場近郊のジャングルに道をつけるのは、最初はブルドーザーで力任せに押していけばいいと思われていた。しかし、現実にはそうはいかなかった。

細い椰子の木あたりなら、ブルドーザーでなぎ倒すこともできる。だが巨木も意外に多く、手順を踏めば時間がかかる。力任せはブルドーザーを壊しかねない。

人海戦術でノコギリで切ることもできない。人は足りないし、なによりこの方法は切り株や根っこが残るので、応急処置的な手段でしかないのだ。

そこで山田隊長が投入したのは、大量のダイナマイトだ。先発隊が巨木を見つけ、根っこにダイナマイトを仕掛けて吹き飛ばす。

これで工事の邪魔になる巨木も根も吹き飛ばすことができる。そうして倒れた巨木なら、ブルドーザーで排除できた。

それでも動かせそうにない巨木もないではなかったが、そんなものは再びダイナマイトで粉砕するだけのことだ。

工事としては、これほど危険で雑なやりかたもない。邪道と言ってもいいだろう。

しかし、海岸線まで緊急に道を開くということを考えると、邪道だのなんだのとは言っていられない。

とりあえず海岸から西飛行機までの密林は、ブルドーザーの幅だけ樹木が排除された。荒っぽいやり方だが、ともかく一日で飛行場までつながったのは快挙と言えよう。

ただそれは、地面から樹木がなくなったというだけで、道路と呼ぶには早計だった。地盤改良はなされておらず、そのままでは人間は移動できても、車両は泥濘《ぬかるみ》で通過できない。

本来なら道路建設は、この伐採が終わった後から始まるのである。しかし、その時間的余裕はない。

山田技術少佐は、とりあえず物資移動の方法を実行する。陸攻隊の出撃だけでなく、設営隊のための物品も輸送しなければならないからだ。

案は二つあり、一つはなぎ倒した樹木を並べて道路を作り、トラックを移動させる。

もう一つは、橇《そり》を作ってブルドーザーで牽引するだった。

じっさいの作業で活躍したのは軽履帯車両だった。樹木を伐採した軟弱地盤でも、この装軌車両はなかなかの機動力を示した。

ただ物資の輸送能力は路面状態が悪いこともあり、一〇〇キロが限度だった。正確には二〇〇キロ運べるところと五〇キロ程度しか運べないところが点在したため、荷物を降ろしたり、積み替えたりの作業が必要だった。

この軽履帯車両を小型トラクターとして伐採樹木を移動し、並べてトラックが通行できる道を作った。

特に路面状態が悪い場所には、海岸から砂利や砂を運んで対処するようなことも行った。

それでもトラックは五〇〇キロ程度の荷物しか積めなかったが、ともかく物資の移動はできるようになった。

ブルドーザーと橇という方法を使わずにすんだのは、山田技術少佐にとっては幸いだった。ブルドーザーには本来なすべき仕事があるからだ。

ただ、海岸から飛行場までの物資輸送はかなりの難事業で、トラックがすれ違えないため、何箇所かすれ違えるように道幅を広げる作業が必要だった。

すでにブルドーザーは滑走路の復旧にあたっていたので、この作業はダイナマイトで樹木を吹き飛ばし、軽履帯車両が間に合わせの排土板で埋め戻し、丸太を並べるという形になった。

また、どうにも路面状態がよくない現場には、軽履帯車両を待機させ、ワイヤーでトラックを牽引するようなことも行われた。

道路はこうした大変な苦労の中で物資を輸送していたが、滑走路のほうも簡単ではなかった。

偵察機で見た時は爆弾孔しかわからなかったが、地面の凹凸は思いのほか大きかった。

どうも塹壕や機銃座などを用意していたらしい。地面はあちこちが掘り起こされていた。基地施設も徹底的に爆破され、クレーターしか残っていない。

ブルドーザーで作業をする前に、ブルドーザーの整備場や倉庫を用意しなければならず、隊員の宿舎も設定し、調理場や厠《かわら》も設定しなければならない。

作業よりも設営隊員の居住施設を優先するというのは、山田隊長が実戦の中で学んだことだ。

開戦初期には、設営隊員の宿舎など後まわしにして、航空隊の人間のそれを優先していた。

ポナペのようにある程度の開発が進んでいる土地ではそれでもよかったが、人跡未踏のニューギニアでは、設営隊員がマラリアに罹患したり赤痢になるなど、人員の損耗が激しかった。

航空隊員などは基地ができてからやって来る。なので、最初に設営隊の人間の宿舎を建設し、衛生面の安全を確保してから工事に着手するほうが、結果的には最短の時間で工事が終わるのだ。

厠の設置にしても、赤痢の蔓延《まんえん》や安全な飲料水確保と不可分なものであり、決しておろそかにはできない問題だった。

そのため最初に運ばれたのも、ブルドーザー関連以外では幕舎や鑿井《さくせい》機の類であった。

大袈裟すぎるように思う人間もいたが、現実に赤痢やマラリアで命を失う人間を目の当たりにした山田隊長にとっては、決して大袈裟な話ではなかった。

ニューギニアでは、数少ないブルドーザーの操縦員がマラリアに倒れた時、彼らはキニーネを処方されながら半死半生の状態で働いていたし、働かせざるを得なかった。それは、山田隊長がここまで衛生に神経を使う大きな理由となっていた。

むろん山田隊長も現場でなすべき作業は多い。測量のやり直しや工事計画の立案などだ。

航空偵察で腹案はあるにはあったが、地上で確認して修正が必要となる。

「どうでしょう、隊長、期日に間に合うでしょうか」

心配する部下に山田隊長ははっきりと答えた。

「今日は寝ろ。疲れた状態ではまともな判断はできんからな」

3

まりも丸が潜水艦により撃沈されても、第四艦隊司令部の作戦に大きな変更はなかった。

変更はないというより、いまさら大きくは変えられないというのが正確だろう。ただ脱出した水偵はあり、それらによる索敵は行われていた。

艦隊司令部としては、これで索敵は行われているという認識であった。

じっさいには、占領した島嶼の一部を基地として利用しているに過ぎず、索敵範囲は制約を受け、また運用面で無理が多いために、まりも丸を運用している時と比較すればその能力は著しく低下していた。

しかも機体の整備不良で稼働率も落ちていた。そうしたなかで、はくさん丸は作戦海域に進出している。

「電探に反応があります！」

「来たか」

吉成造兵少佐は、その報告を驚くほど冷静に受けとめていた。

はくさん丸の空気は、大野技師が船を降りてから二つに分かれていた。自身の義務として任務に邁進しようという人間と、諦観にとらわれて日常業務だけをこなす人間とにだ。

　残念ながら、前者より後者が多い。人間とはこういうものなのかと、この点だけは吉成もまた諦観していた。

「索敵機か？」

「単機なので間違いないかと」

「我々は発見され、本隊がやって来るか」

　はくさん丸は悪意なのか偶然なのか、単純に悪趣味なのか、飛行甲板上にドラム缶が並べられていた。

　空母への給油を行ったためで、輸送船の機能としては不思議ではない。さすがに敵襲にあうかもしれない船に、ガソリン満載ということはなく、これらのドラム缶は給油を終えた空のドラム缶だ。

ただし、上空の索敵機からドラム缶が空かどうかなどわかるわけがない。

　はくさん丸をことさらタンカーに見せようというわけではないにせよ、またこの船がタンカーなどではないことが明らかであるにせよ、燃料輸送に携わっているように見えるのもまた事実であり、それだけで敵襲を受ける理由となる。

「索敵機が接近中です、距離は六万ですが……そうですか」

　吉成造兵少佐は力なく電話機を置く。

「なにか？」

「対空機銃は、この索敵機を攻撃しないそうだ」

「攻撃しない？」

「索敵機に攻撃される恐れはない。むしろ警戒すべきは敵の攻撃隊で、機銃の存在は秘匿したいとのことだ」

「五航戦には？」

「兵科から連絡するそうだ」

はくさん丸には駆逐艦秋雲が同行していた。そちらでは対空戦闘の動きが見えた。いまごろは五航戦にも報告が入っているだろう。

そうして電探が捉えた方角から米海軍の急降下爆撃機の姿が現れた。

はくさん丸の機銃は偽装されたまま動く様子はないが、秋雲は対照的に激しく機銃や主砲を索敵機に向けていた。

索敵機は駆逐艦に向けて爆弾を投下したが、距離が遠いせいか命中しない。しかし、はくさん丸に大量のドラム缶が積まれていることは確認されたらしい。

「敵は本当に我々を攻撃に来ると思うか」

「敵が来ないとでも？」

「あまり戦意が感じられなかったからな」

吉成造兵少佐は、はっきりとした根拠は述べられなかったが、漠然とそんな印象を受けた。

いままで遭遇した敵機は、索敵機にしてももう少し戦意が感じられた気がしたからだ。索敵にしても存在の確認はできただろうが、敵情の把握となると、いささか疑問が残るような索敵ぶりだ。

「我々のことを敵は知っていたのか」

「知っていても驚きませんね。艦隊司令部は我々を囮にしようとしているわけですから」

部下は憤《いきどお》るが、吉成の言葉の意味はそれとはやや異なる。

艦隊司令部が自分らを囮にしていることは明らかだ。それをいまさら驚きはしない。

吉成造兵少佐の違和感は、敵も自分たちの正体を、じつは知っているのではないかという疑念である。

さきほどの索敵は船舶を調べるというより、はくさん丸がここにいることを確認しているように吉成には思えた。

敵は我々の裏をかいているのか？　だとするとこれから何が起こるのか？

「兵科将校ならこんな時、敵の出方がわかるのか」

4

「貨物船にドラム缶を並べてタンカーを装っていたというのか……」

ハルゼー中将は索敵機からの無線通信の報告を受け、いささか不思議な気持ちになった。

はくさん丸がタンカーでないことは、すでに知っている。むろん、知らないふりはしているが。

だが、日本海軍がはくさん丸に大量のドラム缶を積み込んで給油能力があるように見せたことには驚いた。そんな小細工で自分たちが動くと思われたのか？

作戦では、はくさん丸がタンカーだろうが漁船だろうが、カヌーであっても攻撃するつもりでいたのは間違いない。

しかし、それとは別に、貨物船にドラム缶をたくさん載せて給油能力があるように見せるというのは、どうにも馬鹿にされたような気がするのであった。

「ホーネットから攻撃隊を出す。一〇機もあればいいだろう。戦闘機と爆撃機、四と六だ」

ホーネットから一〇機出すというのは、ハルゼー中将の意趣返しみたいものだ。あっちがそんな小細工でくるなら、こちらもホーネットからだけ出して、空母一隻のように振る舞おうではないか。

すでに空母ヨークタウンは、日本軍が索敵範囲としている海域に移動していた。

そこの索敵能力が大幅に低下していることは、すでに潜水艦でまりも丸を撃沈して確認済みだ。

確かに索敵機は飛んでいるが、その数も頻度も時間も捜索領域も大幅に縮小している。

そして、空母ヨークタウンにはレーダーも装備されている。敵に発見されることはなく、つまり敵には自分たちは空母一隻の部隊となる。

じっさい敵の水上機母艦を撃沈したことは、正解であったようだ。

空母ヨークタウンは何度かレーダーに敵機の機影を捉えたが、迎撃機の準備をするまでもなく反転して消えていった。索敵機の燃料の関係らしい。

これはハルゼーにとっては朗報だ。索敵機が捜索しても敵空母がないなら、艦隊司令部は「空母なし」と判断するからだ。

「攻撃隊を発艦させよ！」

5

「敵戦爆連合、接近中！」

はくさん丸の電探が敵編隊を捉えたのは、索敵機と遭遇して一時間ほど経過した頃だった。

どの時点で敵部隊が発艦したのかわからないが、距離は二〇〇キロから三〇〇キロの範囲で、方位はおおむね絞られる。

吉成技術少佐は、すぐにこのことを第五航空戦隊に報告し、機銃員たちにも伝達する。

駆逐艦秋雲も先ほどの索敵機のこともあり、すでに対空戦闘準備を整えていた。

吉成技術少佐はそこから船内のスピーカーで、敵機までの距離を放送させた。この火急の時に、海軍軍人だの船員だのと面倒な真似はしていられないからだ。

もっとも距離がわかったところで、駆逐艦一隻と機銃しか対抗手段はない。スピーカーの声が駆逐艦まで届いているかはわからないが、緊張感だけは伝わるだろう。

船内放送の意味はそこにあるし、そこにしかない。

「五航戦の戦闘機隊は見えるか?」

「いまのところ、電探に反応はありません」

それは残念なことではあったが、予想できたことでもあった。五航戦の位置を吉成技術少佐は正確には知らない。知らせてくれる人間もいない。

ただ二〇〇キロ離れているとして、時速四〇〇キロで飛んで来ても三〇分はかかる。しかし、敵編隊は発見の時点で一〇〇キロを切っている。

どう考えても、五航戦の戦闘機が間に合うとは思えないし、それが来るまでは自衛を続けねばならない。

とはいえ、そんなことは最初からわかっていた。

そう、わかっていたことだが、いまのこの時まで、その意味するところを理解していなかった。

自分で、こうなるという現実を直視することを避けていたためか？

「秋雲から、距離二万まで接近したら知らせろと通信が入ってます！」

「了解したと伝えろ！」

無線室からの電話に吉成造兵少佐は答える。通常ならちゃんとした手順を踏まねばならない通信連絡も、この非常事態には組織も命令系統も手順もなかった。

そんなものをすっ飛ばしたほうが万事うまくいくなら、自分らは普段から馬鹿なことをやっているということか？

吉成造兵少佐は敵機が接近しているなか、無性に笑い出したくなった。

「距離二万一〇〇〇……」

「距離二万一〇〇〇まで接近したと伝えろ！」

どうやって秋雲と連絡しているのかわからないが、ともかく電話の相手にそう伝える。距離二万一〇〇〇だが、いきなり距離二万と言われるよりはましだろう。

「距離二万！」

「距離二万だ！」

ふと見れば、船倉の窓から駆逐艦秋雲の姿が見える。主砲三基は同じ方向を向き、一斉に砲撃が始まった。

砲弾は次々と撃ち出されているが、もとが水上艦艇の平射用であるから、仰角を上げていても発射速度には限度がある。

命中はあまり期待できそうにないが、牽制にはなるだろう。

砲撃はしばらく駆逐艦の主砲だけで行われていた。対空機銃の射程はもっと短いので、これらが火を吹くまでには、まだ時間がかかる。

「機銃以上、主砲未満の対空火器がないと穴があくな」

吉成造兵少佐は誰に向かってではなく、そう口にしてみる。電探に関わるまで彼は対空射撃盤などの開発に携わっていたのだ。

機械式ではなく、真空管などを用いたアナログコンピュータのような簡便な装置を開発すべきだと。

それはほとんど同調者のいない意見だったが、おかげでいまこうして電探を任される立場におかれている。

「敵編隊は総勢一〇機の戦爆連合！」

どこかのスピーカーが、船内にそう告げる。

一〇機とは少なく思えるが、対空戦闘で相当の撃墜機が出たのか、あるいは最初から小規模部隊なのか。

おそらくは後者だろう。索敵機がはくさん丸をどう解釈したかは知らないが、どんなにぼんくらでも、船が二隻であるくらいは数えられよう。

吉成造兵少佐は甲板の上にあがってみた。職場放棄ではなく、電探が表示しているものが、現実にはどういうものなのかを確認するためだ。

吉成造兵少佐は航空戦にそれほど強いわけではないが、敵部隊の編隊はあまりきれいではなかった。

編隊とは整然とした幾何学を描くと思っていたが、空に見えるのは飛行機の群れだ。

もっとも対空戦闘は始まっており、単に敵機が散開しているだけかもしれない。

四機の戦闘機は駆逐艦に機銃掃射を仕掛けるが、それは対空戦闘への牽制としか見えなかった。

攻撃機六機は、駆逐艦とはくさん丸に爆撃を行うような無駄な真似はしなかった。六機はすべてはくさん丸に向かっている。

爆撃機が自分たちを狙っていることに、機銃員たちも必死だった。その願いが通じたのか、一機の爆撃機が被弾して海面に激突する。

撃墜機を出したことで喜ぶ余裕は彼らにはなく、それどころか、撃墜したという意識もいまはない。

ともかく生き残ること、それが最優先だった。

敵は一〇機、こちらには機銃しかないのだ。

しかし撃墜は無意味ではなかった。一機が撃墜されたことで、僚機が爆撃のタイミングを逃したからだ。二機が見事なまでに爆弾を外してしまう。

残る三機もまた、爆撃を敢行しようとする。それらは三機ひとかたまりで、機銃の弾幕が薄いほうから飛び込んでこようとした。

爆弾が次々と投下された時に奇跡が起こる。はくさん丸が急に動き出して爆弾をかわしたのだ。

じっさいには急に動いたのではなく、敵の動きを読んで船長が操舵した操船の妙によるのだが、吉成造兵少佐には奇跡のように見えた。

どちらかといえば印象に残らないあの船長が、これほどの操船の腕を持っているとは知らなかった。

こうして敵機の攻撃は終わり、九機の戦爆連合は帰還する、

戦闘が終わったことを、吉成造兵少佐の感情と意識はうまくつなげられなかった。それがつながったのは、機銃員たちの声を聞いた時だ。

「ばんざい！」

「ばんざい！」

それは生存の喜びであり、敵機撃墜の喜びである。いつのまにか船内すべてで万歳がこだまするなか、吉成造兵少佐もまた、万歳を唱える一人となっていた。

6

「動き出したか」

原司令官は敵空母が挑発に乗ったことに、ほくそ笑むよりもむしろ安堵していた。

空母一隻だから逃げるという選択肢もあったのだ。しかも、はくさん丸はドラム缶を満載しているとはいえ、タンカーではない。

索敵機が攻撃する価値なしと報告してしまえば、敵空母は動かなかっただろう。

しかし、敵空母は動いた。ドラム缶満載でも放置するのは危険と考えたのだろう。じっさい五航戦はあのドラム缶の燃料で補給を行ったのは、ここ二日ほどのことだ。

「待って正解でしたね」

草鹿先任参謀の声には、ばつの悪さがある。索敵機をはくさん丸の電探が捉えた時点で、草鹿先任参謀は原司令官に攻撃を具申していた。

「敵空母はこの方角にいるはずです！」

しかし、原司令官は動かなかった。索敵機は一直線でやって来たとは限らない。何度か方向を変えている可能性がある。

事実、そうであった。戦爆連合がはくさん丸を襲撃しに接近してきた時、それは索敵機とは異なる方角からやってきた。

さらに、索敵機と戦爆連合の時間差から距離の推定もできた。

五航戦はこうして索敵機を飛ばすことなく、敵空母へと攻撃隊を出動させることが可能となった。

「第一次攻撃隊、出撃せよ！」

原司令官は命じた。

空母瑞鶴と翔鶴から合計五〇機あまりの戦爆連合が、米空母をめざして出撃した。

7

空母ヨークタウンのエリオット・バックマスター艦長は、重巡洋艦シカゴからの連絡を待っていた。重巡シカゴには最新鋭のレーダーが装備されている。

敵が常識的な海軍軍人であれば、索敵と攻撃の時間差から、はくさん丸と空母の距離を計算するだろうし、戦爆連合の現れた方角により空母の方位もわかる。

方位と距離がわかれば、はくさん丸を原点とした座標での空母ホーネットの位置も割り出せる。

五航戦は自分たちを罠にかけるつもりでいる。だからはくさん丸が攻撃されたなら、すぐに空母ホーネットの位置を割り出し、遅くとも一〇分以内には、待機させている攻撃隊を出すだろう。

重巡シカゴは、はくさん丸と空母ホーネットを結ぶ直線上の近くに待機している。

だから五航戦が空母ホーネットを攻撃しようとすれば、まずシカゴのレーダーに捕捉される。

はくさん丸を攻撃した時とシカゴのレーダーが敵を発見した時間から、五航戦の空母の距離が割り出され、方位から位置が特定できる。

ならば、空母ヨークタウンの攻撃隊が奇襲攻撃をかけることができる。

「空母翔鶴に三〇機、空母瑞鶴に三〇機の計六〇機で臨む。奇襲とはいえ、一隻で二隻の相手をするのだ。攻撃機を中心とする」

バックマスター艦長は最初、こう考えていた。

しかし、飛行隊の指揮官より異議が出た。

「敵は二隻です。第一次攻撃隊がホーネットを狙うとしても、空母一隻分の戦力が残っています。

攻撃機中心では護衛を行う戦闘機が足りず、犠牲の割りには戦果があがらない恐れがあります」

それはそうかもしれないと、バックマスター艦長も考える。戦闘機をけちって、次々と攻撃機が喰われるようでは意味がない。

「半数は戦闘機とするか」

こうして第一次攻撃隊が編成された。

「第二次攻撃隊は？」

「すぐには出さん」

バックマスター艦長は飛行隊長に言う。

「ホーネットの状況も考える必要がある。ともかく奇襲が成立するのは一回だけだ。第一次攻撃隊が現れたなら、敵は米空母が二隻であることに気がつくはずだ。

相手の索敵能力にもよるが、敵の反撃を迎撃する戦力は保持しなければならん。そうなれば第一次攻撃隊の収容後に、戦闘機を再度割り振る必要がある。

結局のところ、第二次攻撃隊の規模も編成も、第一次攻撃隊の結果次第だ」

「波状攻撃とはいきませんか」

「言っただろう。奇襲をかけられるのは一度だけだ」

8

同日の数時間後。海軍第三設営隊の山田隊長は、西飛行場の復旧工事を大急ぎで進めていた。

かなりの難工事かと思われたが、最初にこの飛行場を設定したオーストラリア軍は思った以上によい仕事をしており、土壌改良について大きな爆弾孔の周辺のみで行えば、ほかは埋め戻すだけで対応できそうだった。

また、転圧用のローラーも海岸から苦心惨憺《さんたん》の末だが、なんとか運び混むことに成功していた。

ブルドーザー要員以外は、ほぼ海岸との道路建設にあてていたが、それはよい判断であったようで、物資輸送も思った以上に円滑に進みはじめた。

一番泥濘がひどい箇所から工事に着手したので、それらが改善されればボトルネックがなくなるからだ。

トラックが快速で進めるわけではなかったが、

泥濘で荷物を降ろし、人力で積み替える手間がないだけでもだいぶ違う。

この道路の改善により、ようやく魚雷を貨物船から飛行場まで運び入れることにも成功していた。

正直、これにはあと三日は必要と考えていただけに、山田設営隊長にとっては嬉しい誤算である。

そうした作業の最中、見張員が叫ぶ。

「黒点が接近中、航空機と思われる！」

作業場にサイレンが響き渡り、ブルドーザーやトラック、ローラー車が密林の中に隠れる。

これらが破壊されれば、工期までに工事を完了するのはほぼ不可能となるだろう。

だが退避作業がほぼ終わった時に、再び見張りが叫ぶ。

「接近中の黒点は友軍機！」

それには、あちこちから不満や怒声が出る。一分一秒が惜しい時に作業を中断させられたのだ。不満が出るのも当然だ。

飛行機は双発の偵察機で、もとは陸軍の新司偵を海軍が譲り受けたものだ。海軍はこうした陸上偵察機で、適当なものを持っていない。偵察機はあるが用途が違うのだ。

海軍偵察飛行隊の新司偵は、滑走路に何かを落とす。それは通信筒だった。

無線機はすでに設定したが故障して修理中だった。それに対して司令部も業を煮やしたのだろう。

地上からは通信員が発光信号で状況を飛行機に送り、飛行機も了解したことを翼を振って伝える。

すぐに軽履帯車両が通信筒が落下した地点に急行し、それを山田設営隊長へと渡す。

「私宛か……」

内容はなんとなくわかる。工期の短縮の類であろう。土木工事施主の要望とは、九割はそうしたものだ。

確かに通信文は工期の短縮であった。それは無茶と言えば無茶だったが、山田にも無茶な理由はよくわかった。

「空母瑞鶴が被弾しただと！」

（次巻に続く）

RYU NOVELS

戦艦大和航空隊

運命の開戦！

2018年4月23日　初版発行

著　者　林《はやし》　譲治《じょうじ》
発行人　佐藤有美
編集人　酒井千幸
発行所　株式会社　経済界
〒107-0052
東京都港区赤坂 1-9-13　三会堂ビル
出版局　出版編集部☎03(6441)3743
出版営業部☎03(6441)3744
振替　00130-8-160266

ISBN978-4-7667-3258-0

印刷・製本／日経印刷株式会社

RYU NOVELS

大東亜大戦記1〜4	羅門祐人 中岡潤一郎
パシフィック・レクイエム	遙 士伸
異史・新生日本軍1〜3	羅門祐人
修羅の八八艦隊	吉田親司
日本有事「鉄の蜂作戦２０２０」	中村ケイジ
孤高の日章旗1〜3	遙 士伸
異邦戦艦、鋼鉄の凱歌1〜3	林 譲治
東京湾大血戦	吉田親司
日本有事「鎮西２０１９」作戦発動！	中村ケイジ
南沙諸島紛争勃発！	高貫布士
新生八八機動部隊1〜3	林 譲治
大和型零号艦の進撃1 2	吉田親司
鈍色の艨艟1〜3	遙 士伸
菊水の艦隊1〜4	羅門祐人
大日本帝国最終決戦1〜6	高貫布士
日布艦隊健在なり1〜4	羅門祐人 中岡潤一郎
絶対国防圏攻防戦1〜3	林 譲治
蒼空の覇者1〜3	遙 士伸
帝国海軍激戦譜1〜3	和泉祐司
合衆国本土血戦1 2	吉田親司